星野源雑談集 1

マガジンハウス

星野源雑談集1

はじめに

雑談が好きです。
「良いことを言おう」
「心に残ることを言おう」
そんなことはまったく思わない、
脱線することが当たり前の、楽しくて自由な普段の会話。
それらは記録されず過ぎ去っていきます。
しかし雑談をしていると、たまに驚くような金言に出会うことがあります。
無防備な会話のなか、そんなつもりもないのに突然やってくる奇跡。
くだらない下ネタの中に、人生を変えるような哲学を垣間見たり、
話しながら、自分でも思ってもいなかった結論に辿り着いたり。
ラフな会話の中で本質が急に顔を見せる独特のグルーヴは、
本当に面白く、やめられません。
だから人と話すこと、人の話を聞くことが大好きです。

いつか自分が対談集を出すなら、『雑談集』にすると決めていました。
編集して要点をまとめる通常の対談とは違い、
なるべく手を入れず、実際の会話にとても近い雑談として収録する。
テーマも掲げず結論も見いだそうとしないが、
ただ自分の好きな人に、知りたいと思ったことを訊き、
ただ普通に、何の気負いもなく答えてもらう。
それだけなのに、そこには大事なものが生まれてきます。
「雑談の中に本質がある」
そう言い切ってしまいたい。
一冊の本にすることができて嬉しいです。
のんびり楽しんでください。

星野源

星野源雑談集1　目次

星野源

×

笑福亭鶴瓶

しょうふくてい・つるべ｜落語家。1951年大阪府生まれ。京都産業大学在学中、同大学の落語研究会に所属していた原田伸郎、清水国明らと共に「あのねのね」を結成し、初期メンバーとして活動。在学中の'72年に六代目笑福亭松鶴のもとに入門し、同年に初舞台を飾る。初期のトレードマークはアフロヘアにオーバーオール。『ミッドナイト東海』（東海ラジオ）、『MBSヤングタウン』（MBSラジオ）、『突然ガバチョ!』（毎日放送）など、関西でテレビ・ラジオを中心に活躍した後、'86年から本格的に東京進出。『笑っていいとも!』（フジテレビ）、『鶴瓶上岡パペポTV』（讀賣テレビ）、『鶴瓶の家族に乾杯』（NHK総合）など数々の番組に出演する。'94年から独演会「鶴瓶噺」を開催し、2000年に上方お笑い大賞を受賞。2002年から落語会にも積極的に取り組んでいる。ドラマ『タイガー&ドラゴン』（TBS）、『半沢直樹』（TBS）、映画『ディア・ドクター』（西川美和監督）、『おとうと』（山田洋次監督）など多数の作品に俳優としても出演している。

鶴瓶 昨夜《ゆうべ》、『タイガー&ドラゴン』（TBS）観たんよ、久しぶりに。そしたらな、あ、この子やって。

星野 はい、その時「林家亭どんつく」という役でした。お久しぶりです。

鶴瓶 そうそう、どんつく。そんなに絡みなかったもんな。

星野 まったくといっていいほどなかったですね。たまに食卓のシーンで一緒に食べることがあったくらいで。

鶴瓶 おもろいドラマやったな、あれ。

星野 大好きでです。あの頃、まだ仕事始めたてのペーペーの時で、まわりに有名な人ばかりいて緊張して誰とも話せずにいたんですよ。その時鶴瓶さんが——自分の鶴瓶さんのイメージって裸になる人で。

鶴瓶 裸なるよ（笑）。

星野 人前でちんちん出す人だなって思っていて（笑）、テレビでは後輩の人によくいじられてるというイメージが強かったんですけど、凄く現場でかっこよかったんですよ。ダンディだったんです。

鶴瓶 えー。あ、そう。

星野 で、かっこいいなと思ってたら「おう」って呼ばれて、覚えてないと思うんですけど、ちょっとだけスタジオの前室でお話ししたことがあったんです。何て優しい人なんだと思って、優しいしかっこいいし、しかもちんちん出すし。それで勝手に大好きになってしまったんですね。そっからずっとお話ししたいと思っていて。

鶴瓶　そうか、ちんちん出すの大事やな。

星野　大人計画というところに所属しているので、自分もよく裸にさせられます。

鶴瓶　おお、知ってる知ってる。SAKEROCKもそやろ。

星野　はい、自分のバンドで。

鶴瓶　俺もともとフォークやったんよ。あのねのねっていうグループにおって、大学の落語研究会にいた頃やけど、そこをやめて落語家になったのよ。

星野　あのねのねの方が先なんですね。

鶴瓶　うん。で、彼らがもの凄い売れて、俺は落語家として修業してたんやけど、彼らが自分らよりおもろい奴がおるってずっと言うてたみたいで、『うわさのチャンネル!!』（日本テレビ）にオーディションなしで通ったゆうか。

星野　へー。じゃあその時一緒にやってた人たちが通してくれたようなところがあったんですか?

鶴瓶　そうそう。別に何ともなかった連中が活躍していってな。呼び合うんやな。

星野 自分は中学生の時に音楽と芝居を同時に始めました。高校卒業したらやることを絞っていくのが普通だと思うんですけど、両方とも楽しいから続けたんです。そしたらこういう仕事になって。息子さん（駿河太郎）も音楽と芝居とやられてますよね。

鶴瓶 そう。あれもけったいな奴でね。大学の時、文化祭でうちの弟子にギターを習うて一回歌ったんやな。そこから音楽に行って。高校2年の時、俺のテレビに遊びに来とって、音楽が好きって話になったら、（ビート）たけしのお兄さんにイギリス行きなよってたまたま言われたんよ。それがずっと残ってたんやろな。英語なんて1よ。学校のテスト白紙で出したりしとったんやもん。それがね、イギリス行って。帰ってきたらメジャー・デビュー、ポリスターから。それも俺、知らんかったんよ。

星野 知らん、っていいですね（笑）。

鶴瓶 ポリスターの細川健いう人はもともとアリスを育てた人で、アリスのチンペイ（谷村新司）さんとかベーヤン（堀内孝雄）とかもともと仲いいのよ、その健さんがきっかけ。で、健さんは俺の息子って知らないの。これは電話入れないとあかんって健さんに電話入れて、すんまへんって。そんなんしてたら俳優をやりだして、東映の俳優養成プロジェクトに合格したんやけど、通っても何もない。そっからいろんなオーディション受けだしてな。次第に鶴瓶の息子っていうのが知れてったんやろ。

星野　じゃあ鶴瓶さんと道は似てるんですね。初めに音楽やって。
鶴瓶　そうそう。でも俺は噺家だけは絶対なるなよって言ったんよ。
星野　どうしてですか？
鶴瓶　噺家ってね、弟子入りせなあかんのよ、絶対に。誰かんとこ行かれたら気遣うでしょう。（春風亭）昇太んとこ行ったら昇太に気遣うし、俺んとこ来たら甘やかすやんか。それで絶対にあかん言うて。それ以外やったら何でもいい言うたら歌と芝居に行きよったんよ。
星野　鶴瓶さんはどうして落語の道に行ったんですか？
鶴瓶　俺が高校生の頃、大阪では（笑福亭）仁鶴、三枝（現・桂文枝）という二人が若い人に絶大な人気があって落語ブームやったんよ。落語家っておもろいなあと思うて、自分で高校に落研作って。大学でも落研入って、そこにあのねのねの原田伸郎もおってな。まあこんな気やから、1年目からわりとよう出てたね。
星野　その後、弟子入りしてからすぐにいろんな番組に出られたんですよね。普通だとなかなかそうならないと思うんです。ずっと修業っていうか。
鶴瓶　やっぱり音楽やってたというのが凄く大きいね。案外ファッションにも興味があって。その当時、オーディション行くと噺家とか漫才師とかみんな芸人芸人してたんよ。

「そうでございまして！」みたいな。もう気持ち悪くて、普段の服装ももの凄くダサい感じで。オーディションしはった時も、みんな「今日はこんなことがありまして！」とか声を張るわけ。俺も張る時は張るけど、嫌やなと思ったから普通におもろいことを喋ったりしてたら、どんどん通っていったんよ。珍しかったんやろうな。で、こんな頭やったから。

星野　アフロでしたよね。

鶴瓶　アフロやったし珍しかったんやと思う。で、コツがわかってん、こうしたら通るゆうのが。

星野　どういうのですか？

鶴瓶　例えばオーディションで今日一日あったことを喋ってくださいゆうのに、最初に歌たんねん、ダーンと。やってくれと言うことをやらないで違うことやって、実はこの歌好きでねとか話す。だんだんコツがわかんねん、通るコツが。落ちたことなかった。

星野　凄い。

鶴瓶　１年目でレギュラー６本やっとったんやもん。大阪で一番多かったのはレギュラー週17本。

星野　うわあ！ラジオもテレビもですよね。

鶴瓶　そう、ラジオ、テレビ。自分が司会やないけどね。ちょこちょこやけど。
星野　その時の主流からしたらはずれてたんですか？
鶴瓶　まあ、ベースのとこよりもな。寄席に出るゆうたって、寄席の看板の写真撮るやん。普通は扇子持って笑うとるやんか。全然笑わへんわけ。みんな笑うとる中に一人おるから珍しいわけ。今はまわりまわっていつでも笑うよ。
星野　それはとんがった気持ちもあったわけなんですか。一緒になりたくないっていう。
鶴瓶　そやね。
星野　自分のやりたいことをしたいっていう。
鶴瓶　そう。別にかっこつけてるわけやないけど自然にやるゆうか。だから会社の人も意味わからんの。俺、松竹芸能でしょ。まわりの吉本がだんだん台頭してきてるわけやんか。その中で俺だけ松竹で、いまだに松竹で、ずっと吉本やと思われてたもん。
星野　その時、ぐいぐい来てたから？
鶴瓶　ぐいぐい来てたからやし、なんかお笑いでも違う感じの人は吉本やと思われてたな。だから（桂）文珍兄さんは吉本で、『ヤングおー！おー！』（毎日放送）で出てきはったんやけど、よう言われるもん。昔『ヤングおー！おー！』観てましたって。俺出てないっちゅうの。

星野　ははは。よく間違われたんですね。

鶴瓶　俺も邪魔くさいからね、そうですか言うてんねんけど、どこで記憶がそうなるのか、まあ眼鏡かけてる落語家ゆう感じで、あの人ちゃうかって思てるんやろね。お兄さんの方が先輩やけど、だいたい同じ時期に出てきてるから、ほんとによう言われたよ。最近でも、こんな人おったな。

星野　どんな人ですか？

鶴瓶　言葉では「鶴瓶さん」言うてるつもりが「文珍さん」言うてはって。だから「よう間違われる」って一遍説明したのに、また「文珍さん」言うてな。兄さんも俺って間違われてると思うよ。でも兄さんは別に媚び売らへんから、「鶴瓶ちゃん」言われてもの凄い不愛想で通っていくと思うねん。俺、遠いところから「文珍さーん」言われたら「どうもー」って言うよ。もの凄い損やねん。

星野　ははは。『鶴瓶の家族に乾杯』（ＮＨＫ総合）のイメージと違うと。

鶴瓶　そう。ぶすっとしてたら、それ文珍さんやと思うで。俺、たいがい挨拶するよ。

星野　自分が音楽を始めた時、周りはだいたい外国のロックに行ったんです。俺も好きで聴いてたんですけど、皮パンっていう柄じゃないし、ハードコアとかメロコアとか聴いて、みんな太いパンツでスケーターみたいな格好になっていく中、がんばるんですけどやっぱり似合わなくて、もう普通の状態で自分なりに行くしかないと。

鶴瓶　うんうん。

星野　お会いした時、鶴瓶さんってテレビと一緒というか、テレビの中の鶴瓶さんって普段のまんまなんだと知って、凄くかっこいいと思ったんですよ。よくさんまさんも普段と変わらないって言われますけど、最初にさんまさんを生で見た時、さんまさん凄く暗かったんです。

鶴瓶　いや、いつもあんなテンションでいてたらおかしい。あのテンションでいてたら死ぬよ（笑）。

星野　そうですよね。だから病気なのかなとずっと思ってたんですけど。

鶴瓶　病気や（笑）。

星野　でもそれでホッとしたんですね。芝居の楽屋だったんですけど、その時の共演者に大竹しのぶさんがいて、IMARUちゃんもそこにいて。だからだったのかもしれないですけど（笑）。

鶴瓶　そりゃね、元嫁はんと娘がおる前であのテンションでおったらあかんと思うよ。でも俺らと一緒の時は、まああのイメージやね。

星野　やっぱり鶴瓶さんの普通さというか、変わらなさは凄いと思って。なんでそんなに自然にいられるんですか？

鶴瓶 なんでやろな。「鶴瓶噺」ゆうライブはもう長いことやってんねんけど、例えば漫才や漫談の人たちが営業に行く時、みんなね、10分か15分で降りたいのよ。でも俺あんま営業好きやないんやけど、行くんならがっつり行くと。もちろん若い頃の話よ。スーパーの屋上で喋るんはええと。屋上であろうとかまへん。そのかわり1時間くれと。1時間くれないと俺のおもろさ伝わらへんから、1回1時間でないと行かへんとゆうたんよ。

星野 それは最初からそう思ってたんですか？

鶴瓶 そうそう。ずっとラジオやってたし、最初にラジオ持ったのは『ミッドナイト東海』（東海ラジオ）っていう名古屋の番組やったんやけど、3時間ずっとこんな感じで話してんのよ。で、鶴光のお兄さんが『オールナイトニッポン』（ニッポン放送）やってて同時期やねん。向こうはね、「鶴光でおま」とか言うてあのテンションやん。俺、普通やんか。ハイテンションで喋る時もあるよ。でもたいがいこんなんやねん。そういう時におもろいこと言おうとかっていう意識よりも、例えばね、これが一番わかりやすいわ。この前、爆弾低気圧あったでしょう。俺ね、『家族に乾杯』で丸亀行ってたんよ。うどんの美味いとこ。そこ行ってたんやけど、そこから瀬戸大橋は渡れない、明石海峡でも帰れないと。で、徳島に泊まろうってことになって、ホテル急きょ取ったの。そしたら前に温泉があるゆうんで、そこ行ったんよ。人そんな来てなかったんやけど、おっちゃんがちゅるちゅると来たんよね。で、俺の顔見て、名前はわからんけどああああ言うてはんねん。でも俺はその人がわかったんよ。その人ね、阿波踊りの有名なポスターに出る人やったんよ。（四宮《しのみや》）生重郎さん言うて。俺がわかって向こうがわからん言う。

星野　凄い（笑）。

鶴瓶　で、わあって喋りかけてきはるわけよ。俺がポスター出てはりますなって言うたらおっちゃん喜んで、先に俺が風呂入ったら、後からおっちゃんも入ってきて横に座らはったんよ。まだ名前わからんと俺に喋りかけてきてな。ほんなら唐突に「チータをよう知っててね」って、チータって水前寺清子さんのことね。急にチータ言われてもね、何やろ思うてたら、チータとよう寿司食いに行くねんって。そこ美味いから行こ、一緒に行こ言うんやけど、80なんぼの人に奢ってもらうの嫌やんか。でも土地の人が美味い言うんやからよっぽど美味いんやろと思うて、なんちゅう寿司屋ですか聞いたら、「つるべ……あ!」って言わはったんよ（笑）。「つるべ」ゆう寿司屋やったんよ。

星野 ははははは！凄い！
鶴瓶 これをね、俺はどっかで喋ったんよ。するとある人が「あれ、〝つるべ寿司〟って言わないとわかれへんよ」って言わはったんよ。でも絶対そうじゃないねん。本当のことを言わなあかんの。そこで足したら絶対だめなんよ。俺は長年これやってるから、変に足すことって絶対あかんねん。本当におもろいと思った話は何もかも足したらあかんわけ。
星野 うんうん。
鶴瓶 ほんで、これ。見てみ（と言って「つるべ」の箸袋を見せる）。
星野 本当だ！（笑）。
鶴瓶 俺は昔からそうなんやけど、3時間の『ミッドナイト東海』の時から絶対嘘しないのよ。だから喋りは流暢やなくても、つっかえたりしてもええけど、ほんまのことを求めながら喋るわけ。他のお笑いの人は悪くないよ。話を盛ることが一つの笑いを作るわけやけど、俺は盛らないから普通なんや。
星野 箸袋、きれいに取ってありますね。
鶴瓶 そのおっちゃんが帰った後、行ったんよ。美味しかったよ。で、安いねん。上握り3人前とカニいっぱい食べて、うなぎも食べて、飲んで、なんぼや思う？

星野　え、けっこう飲んだってことですよね？　2、3万……もっとするか。全部で4、5万くらいですか？

鶴瓶　ちゃうちゃう。1万4000円。

星野　あはは、安い。

鶴瓶　俺ね、この間ラジオで言うたから、電話しよ思って「つるべ」に電話したんよ。そうしたら「はい、つるべです」って。

星野　ははは。

鶴瓶　そやんな、向こうもつるべなんやから。めっちゃおもろいの。「はい、つるべです」「僕も鶴瓶ですけど」って。「この間の値段、ほんまにそうですか？」って聞いたら「そうなんです」って、全然まけてない。ほんとなんです言うのよ。やっぱりね、より本当が面白いねん。

星野　でもそれにどうして最初から気付けたんですか？　どうしても芸人さんって面白くしようとするじゃないですか。

鶴瓶　面白くするゆうより、学生時代からずっとこんな感じやから。喫茶店で友だちに喋ってめちゃめちゃ受けてたんよ。「お前ら、昨日こんなんあってな」って。その状態をずっと続けてる。それが2000人の前でもそう。それって喫茶店で喋ってるようなもんやねん。

星野 学生の時からちょっと足してみようとかなかったですか。

鶴瓶 絶対ない。足すのが嫌なんよ。みんなほんまの話。それはさっき源くんが言うたように普通にしてるからよ。普通にしてるからおもろいもんが寄ってくんねん。これが芸能人面してたら、そんな寄ってけえへんで。高校時代、大学時代と何も変わらないから、そうやと思うねん。

星野 それ、他の人にはなかなかできないですよ。今ラジオ番組をやっていて、なるべく気を付けたいことがあって。前にある芸人さんのラジオに出させてもらった時、「よろしくお願いします」って挨拶したら「ああ」って全然取り合ってくれないというか、何か怒ってるのかなっていう感じで、本番になったら「さあ、今日は！」って凄い元気よくなったんです。

鶴瓶 しんどいしんどい。

星野 それが怖くて。自分がラジオやる時は絶対そうしない、本番前も本番中も変わらず同じように喋ろうと決めてるんです。別にそれが変わることが悪いことじゃないと思うんですけど。

鶴瓶 全然悪いことちゃう。悪いことちゃうねんけどほんまは悪いことなんや。ていうのは、ゲストであろうがそこにいてる人にそういう空気感出したら絶対駄目なんよ。芸人でそういうことするやつわりとおるけど、それはあかんと思う。俺は年いってきたからだんだんわかるけどな。俺は暗いやつにわざと寄ってって喋ったる。何、かっこつけとんねんって。そやろ？ 面白いやつはずっと面白いもん。まあいろんなテンションあるよ。でも来た人は絶対に怖がらせたらいかんし、そなしたらあかんと思うね。たまたま『タイガー&ドラゴン』で、あれ難しかったのが、ヤクザの格好して落語せなあかんわけやんか。

星野 組長役ですもんね。今朝、DVDの特典映像で鶴瓶さんが高座に上がったところをフルで観てきたんですけど、ほんと面白かったです。全然難しそうじゃなかったですよ。

鶴瓶 あれ、ヤクザ演じながらおもろいこと言うんやけど、台本ないねん。俺高座で全然あんなんやないよ。でもあの役を演じながら、ラストに言うセリフだけ決まってるわけやんか。それをやってくれってけっこうな注文やねん。お客さんはエキストラやけどほんまもんやし、ほんまに笑わせないとあかんわけやんか。俺は自分の言葉の雰囲気出せないで、おもろいこと言わなあかんわけやから、何重も枷《かせ》かかってるんやで。

星野 なるほど。あれを観た時にほんと凄いと思ったのが、特典映像は「用意スタート」

って言う前からフルでカメラ回してるんです。そこでまず鶴瓶さんがエキストラの人に状況を説明するんですけど。

鶴瓶 そやないと普通に客で来てる人やからな。エキストラっていうか、笑い屋入れられるのも嫌やしな、だからマジなの入れてくれと。でもこの人らは『タイガー＆ドラゴン』観てへんから、俺がいつも高座でこんなふうやと思われるのも嫌やし、これは役ですよっていうのを言わないと。

星野 凄くかっこいいと思ったのは、お客さんに外国人の男の人がいたじゃないですか。

鶴瓶 せやせや。おったな。

星野 その人が居心地悪そうにしているのを見付けて、鶴瓶さんがマクラ（落語本編前の小咄）でいじるわけですよ。「どこから来たの？　オーストラリアか」みたいな話をして。その後ヤクザの役にふっと入っていくんですけど、そこでオーストラリアのネタをやるんですね。

鶴瓶 ああ、思い出した。飛行機の中でコアラの映像が映って、ＣＡさんに「これ何ちゅう動物や？」「コアラです」「食うたら美味いんかい？」って言うやつな。

星野 それがまたヤクザの人が作りそうなネタなんです。話し終わった鶴瓶さんがニヤッとしながら、「サービスしたったで」ってその人に言うのが超かっこいいと思って。

鶴瓶　ほんま？

星野　しかも最初の入りはいつもの鶴瓶さんで、お客さんが安心してからヤクザの役に入っていくっていうのが素晴らしいですよね。

鶴瓶　それはね、かわいそうでしょう、お客さんが。これおもろいからお客さん笑えよみたいなんが一番かわいそう。お客さんにしたら、相手がウケを狙って用意してきたもんを聞かされるのって、しんどうてしゃあないのよ。今この空気で喋ることが一番おもろいと思う。話が跳んでもね。その方がお客さんも楽なんよ。ただ、今ややこしいのはね、２００２年から落語をやりだして、落語のファンも増えてきたわけよ。で、えらいもんや、鶴瓶噺よりも落語を観たいお客さんも増えてるわけやんか。したらこの前、鶴瓶噺で立って喋ってた時に一人の男の人がずっと何か書いてはんの、前列で。隣の席が一つ空いててね。ずっと書いてはんのよ、気になるやん？

星野　そうですね。

鶴瓶　それで気になってたら隣に女の人が来て、途中でその人に書いてるのを渡しよったの。わからんように。気になるやんか。ほんで噺を止めて、ちょっと待てと。何書いてんの、それ？　見して言うたら仕方なく見してくれたんやけど、「ごめん、落語じゃなかった」って書いてあって。

星野　ははははは！

鶴瓶　落語会やと思って来てて、遅れてきた女の子にそれを渡してんねんな。だからしゃあないと。立ちで落語やったる言うて、最後に立ちで落語したんよ。

星野　盛り上がりますね。

鶴瓶　喜ぶやんか。調子乗って次の日もやったんよ。昨日こんなんことあったでって。ネタは全部変えたんやで。5日間やったんよ。ほんでうちのやつ（妻）も来てて、最終日の千秋楽明けて次の日に、うちのやつに「どやった？」って聞いたら「落語いらんやん」って。あんなん1日でええやんか、次の日はわからへんって。そんなんな、鶴瓶噺なんやから落語いらんよ、それって。なあ、2日目に言うてくれや。

星野　ははは！

鶴瓶　うちのやつほんまのことを言うから聞く。いらんあんなのって。凄いで、その嫁はんの破壊力。抜群やで。素直に聞けるもん。あ、そうやなと思って。

星野　「落語じゃなかった」っていうのもちょっとショックですね。

鶴瓶　落語として来てる人もおるんやな。それだけ浸透してきたんやろね。

星野　それがきっかけで落語が好きになる人もいますもんね。

鶴瓶　そやね。でもなんでこんな「つるべ」ゆう箸袋持ってるか言うとね、今度の鶴瓶噺はラストで俺の話が嘘かどうかはっきりさせるために、ぽーんと映像で出すわけよ。仰山あんねん、こんなん。

星野　今回凄く聞きたかったのは、なんでこんなに面白い話をいっぱい持っていて、しかも克明に覚えてるんだろうって。ユーミンさんと会った結婚式の話があるじゃないですか。

鶴瓶　ＴＢＳの松宮一彦ゆうアナウンサーの結婚式に出た時、その当日よ、当日にあいつが「最後に祝辞お願いします」言うたんよ。そんなん無防備でおるやんか。出てたのは当時のマネージャーの大崎と俺やったんよ。こっちに竹内まりやさんと山下達郎さん。それでユーミンが最初に「卒業写真」歌うねん。次に染之助・染太郎さんがお祝いやからってばーって回さはるわけ。で、ラストに「ＹＯＵＲ ＥＹＥＳ」を山下達郎ががーっと歌うのや。その後、俺やで。何すんねん、これ。俺、この後？　することあらへんやん。ほんでどうしよう思って、トリやしね。ほんでこの式の日の10年前何あったか、20年前何あったか、過去からずっと調べて、それならいけると思ったんよ。それ、藤本義一さんが昔やって、もの凄いウケてたんよ。

星野　それ覚えてたんですね。

鶴瓶　覚えてたんよ、あれええわって。ほんならね、駄目なことばっかりやねん。米騒動、第一次世界大戦勃発、伊藤素子オンライン詐欺事件……悪いことばっかりやねん。でも、余計おもろいなと。ウケるんちゃうかと思った俺が悪かったんよ。全っ然ウケへんの。一発目ウケへんかったらどんどんウケへんやん。この人何言うてんのってなるやん。ほんで最後あかんわ思って、どうもありがとうございました言うて座った途端にマネージャーが「穴があったら入りたい」って（笑）。俺を見んとよ。「プロやろ、プロでっしゃろ、恥ずかしい！」言うてな。ほんなら竹内まりやさんが「マネージャーさん、もういいじゃないですか」って。余計恥ずかしいわ。それでユーミンもそこにおったんよ。

星野　話が克明だから映像が頭をバーッと駆け巡りますよね。鶴瓶噺でも、話が途中で逸れても一回オチをつけて、またガッと戻ってくるじゃないですか。エピソードの細さもそうですし、噺の逸れた地点も正確に覚えてますよね。

鶴瓶　あれやな、自然やからちゃうかな。今思ったことを今言いたいから言うでしょう。するとさっき言ってたことを思い出してそっちに戻ったり、また思いついた方に行ったり、そういうことよ。昨日から考えてきたこと言うてるわけやないでしょう。今言いたいことを言うのが一番楽しいわけやんか。喫茶店でおもろいの、そんなんやん。落語はまたね、ちょっと違うねんけども、そういうものはより自然な方が楽と思うねん、聞く人間が。聞く人間を楽にさせてあげないと。しんどいのあるやんか。俺はあかんわ思うもん。俺はようせんわ。

星野　自分は話す時に、細かく覚えてないわ、あれ誰だっけってすぐなるわで……。

鶴瓶　それもおもろいねんて。あれ、誰だっけっていうことをおもろいと思わずに喋ることやねん。おもろいと思って喋ると聞いてる人間しんどいからね。

星野　ああ、なるほど。

鶴瓶　ほんまに思い出すことが大事なんよ。だからさっきの「つるべ……あ!」っていうのもね、それよ。弟子にもね、作るなと。それともう一つは、これ、おもろないですけどねって、自分に否定的なこと言うやつ。これは言うなと。それはお客さんに失礼やと。笑う笑わんはどうでもええねん。笑てる人もおったら笑わへん人もおる。それでええんやって。めっちゃ笑わん人おるよ。この人全然笑わんなって。みんな思いっきり笑てるの。でもずーっと見てんのよ、俺を。一人だけぐーっと見てんねん。で、終わって、帰ろうかって出たらその男が楽屋の前で待ってんの。昔の俺の本持っててサインしてください言うねん。よっぽどうれしかったんやろな。

星野　笑うことを忘れるくらい集中してたんですね。

鶴瓶　それとかね、ネタやないねんけど、今回の鶴瓶噺は手紙とかそういったものをラストにもってこようかなと思って、取っておいたやつ見てたんやけど、その中にね、こんなんあったんよ。前ね、朝起きたら『めざましテレビ』（フジテレビ）の占いやってたんよ。で、やぎ座最悪とか言われて、俺やぎ座やねんけど担々麺食べなさいみたいになってんのよ。そんなアホか思うて。それ9月15日やねんけど、その日は繁昌亭いうところのトリ取らなあかんねん。朝からずーっとやっててラストの大トリが俺やねん。20時出番の20時半終わりやねんけど。もの凄い押したんや。俺の上りが20時20分くらいになったんよ。でもまあええわ思うて、ラストに「死神」ゆうのやって、もうちょっとでオチやゆうところでおばはん立ちよったんよ。何かあったんやろかと。もうちょっとよ、オチ。あと2分くらいでオチやねん。立って出ていくのよ。俺、支配人にどないしはったんって。気分悪いとかそんなんないのって聞いたらない言うて、でもショックやんか。その人だけよ。ほんなら4日後に手紙が来たんよ。

星野　その人から？

鶴瓶　その人から。で、その手紙を昨日読み直したんやけど、必ず20時半に終わると繁昌亭に聞いて、それなら行けると思って大分から来たと。でも、のぞみの最終があってどうしても帰らないかんと言うんで、失礼なことをして申し訳ありませんって。それでパッと名前見たらおっさんやねん。おばはんや思うてたけどおっさんやの、おっさん。

星野　ははははは！　何ですかね、その勘違い。

鶴瓶　そんなことすんのおばはんやと思うやんか。絶対おばはんや思うて、インプットがおばはんやねん。人間の記憶ってね、ほんまにあかんで。全世界のおばはんに謝ったわ。

星野　はははは！

鶴瓶　そういう手紙も取っとくとほんまの話だってわかるでしょう。よりリアルだと面白いんよ。

星野　その後にまた鶴瓶さんの話聞く時ももっと面白く聞けますね。

鶴瓶　そう。信じられないことといっぱいあるよな。

星野　そういう話、本当に多いですもんね。

鶴瓶　関わってるからやろな。

星野　ああ、いろんな人と。素人さんとも本当に気軽に連絡先とか交換するんですよね。それは昔からですか？

鶴瓶　そうそう。家の電話番号は教えへんよ。でも携帯は掛かってきたら自分で対処できるやん。もちろん「誰？」って聞くよ。どこで会うた、ああ、あんたかって。もう

1000件登録してあってこれ以上無理やねん。ほならね、この前留守電に田舎の人の声やけど、「鯛がよう釣れよるけん、電話してきて」って留守電入ってたんよ。どっか四国の人やんな。何言うてんのやろと。それで間違ってるよって電話したったん。

星野 電話したんですか（笑）。

鶴瓶 したんよ、間違うてはるって。というのは、この携帯の前の持ち主がモモサキさん言う人でな。なぜ知ってるか言うと、この携帯に替えた後でよう「モモちゃん、モモちゃん」って電話が掛かってきたから、モモちゃん違いますってずっと切ってたんよ。俺やって言えないやん。留守電にも「モモちゃん、町内の誰々が死んだから今度集まるけど……」って入ってて、そんな無視すんのんかわいそうやから電話するやん。間違うてはりますよって。ほならね、今度は「お父さーん」言うて電話掛かってきたんですよ。

星野 はははは！

鶴瓶 ちょっと待てと。うちの娘ちゃうしね。あんた、なんでお父さんの電話わからへんのって。それ、『笑っていいとも！』（フジテレビ）の後説で言うたんよ。そしたら姫路にモモサキ鉄工言うのがあって、その人やってわかったんや。電話したらめっちゃいい人でな、モモサキさん。「えろうすんまへん」言うて。今度姫路来たら寄って言わはったから、たまたま用があったんで、俺「姫路行きますわ」って会うたの。実は娘の方に会いたかってん。だっておかしやろ、お父さんの電話番号わからんねんて。そしたら、会社の短縮ダイヤルにだけ入れてた言うて。

星野 ああ、なるほど。

鶴瓶 まあ、それで仲良くなったんよ。

星野 仲良くなったんですか（笑）。

鶴瓶 『きらきらアフロ』（テレビ大阪・テレビ東京）も見に来よったしな。ほんで「鯛がよう釣れよるけん」って掛かってきたから、今電話されてるのはモモサキさんとちゃいますかと。電話番号言いますからそこに掛けてあげてくださいって伝えたら、モモサキさんから「すいません、ほんとにご迷惑掛けて」って折り返しあってな。でもこれ、替えて10年くらい経つのよ。もっとやな。「なんでそんな久々の人から電話来んの？」って聞くと、実はモモサキさんは釣りの名人で、小豆島の近くで70センチくらいのもの凄い鯛がよう釣れるって、それ知らせるために電話があったんやと。それでようやくわかったんよ。ほんでね、モモサキさんに「電話掛けてきた人どう言うてはりました？」って聞いたら、その人は鶴瓶ってわからないからね、「知らんおっさんが電話番号教えてくれたんや」と。

星野　はははは！

鶴瓶　リアルやからおもろいやろ？

星野　面白いです。

鶴瓶　なんも作ってないのわかるやろ。

星野　わかります。今、「鯛」の話で始まったのを忘れてたんですよ。モモちゃんが誰かって話が面白くて聞いてたから、そうだ、「鯛」の話だって。凄いですね。鶴瓶さんの言葉で好きなものがあって、それが「縁は努力だ」っていう言葉なんですけど。

鶴瓶　それはほんとそうよ。後でいろいろ考えてそう思うんやけど、昨日も18歳の女の子から手紙来て「友だちになってくれませんか」と。なられへん。手紙に携帯の番号書いてね。

星野　さすがに無理ですよね。書きたくなる気持ちもわかりますけど。

鶴瓶　でもそれは知らんと。大学の先輩からも「俺の友だちにまっちゃん言うのがおって、その娘が今度結婚するからビデオメッセージ送ってくれ」言われて、先輩ね、まっちゃん知らんし、先輩に向けてなら喋れるけどまっちゃんに何喋るの？　それはできませんわ言うたんよ。

星野　そういう話もの凄く多くないですか？

鶴瓶　めっちゃ多い。

星野　だってウェルカムな雰囲気を出されてますもんね。

鶴瓶　ウェルカムやで。だけどあかんもんはあかんやろ。そんなん、知らんやん。おもろいな思ったらやったるよ。びっくりして喜んでくれるかな思うたらやるけど、まっちゃん知らんやん。「先輩、出席するんですか?」「わしは行かんのじゃ」って。ほんならまっちゃん言うたって知らんし、まっちゃんの娘も知らんし、どこ向けて喋る? 「向こうは知っとる」って、そりゃそうや。

星野　ははははは!

鶴瓶　でもそんな状態っておもろいやんか。自分で言うのもあれやけど、こんな人もう出えへん思うよ。

星野　本当にそう思います。みんな、そういうのが嫌だからある程度切るじゃないですか。縁とか関係を。

鶴瓶　あかんやつにはちゃんと言うよ。めちゃめちゃ怒るで。待て、こらって。この間も喋ってこられて、「ヤクザ?」って聞いたらヤクザやったら喋られへんからね、ヤクザやったらやめてね言ったら、また喋ってこられて。ヤクザちゃう言うて。ほな名刺渡します言われて、見たら風俗を何軒もやってるところの社長。それヤクザやん（笑）。でもね、逃げたらあかんよ。かわいそうやん。失礼でしょう。ええわけ、付き合わへんかったら。でもまわりがピリピリしてるわけやんか。それわかってるから大きな声で言うた方がおもろいやん。「ヤクザですか?」と。ほなら、みな笑うてるわけよ。そこに差別があったらあかんよ。相手に恥かかそうというのはないからね。

星野 その器の大きさに憧れます。俺、人の話を聞くのが凄く好きなんですけど、知らない人だと一つ階段上らないと打ち解けられなくて。でも、一回だけ打ち解けられたのは、昔住んでいた家の近くに特別支援学校があったんですけど、そこの子でよくこっちの方を見るなーあの女の子、って子供がいたんです。ただ、別に挨拶するわけでもなく、話したこともなくて。それがある日、借りてたAVを返しに近所のレンタルビデオ屋へ行こうとしたら、その子が来て「遊ぼう!」って。でもごめん、今俺大事なもの返さなきゃいけないからって（笑）。話せてうれしかったなあ。

鶴瓶 それ絶対に好きやったんやと思うわ。その娘。そんな時は思いっきり抱いたったらええんよ。ハグしたんねん。俺は倍抱きつくよ。男でも女でも。喜ぶやん。

星野 ハグかあー。

鶴瓶 あのね、この間ある子が入院しとったんよ。で、落語聞きたいゆうんで、何本も入れたiPodをこれ聞きって渡したらめっちゃ喜んで。そしたら下まで送ってきはってね。ありがとうございます言うて、ハグしてください言うたから、わかったわかった、元気でな言うてハグしたら、こっちいてるおばあちゃんが「私もハグして」って（笑）。知らんけどしたったわ。その人がハグして言うてるのがおかしいやろ。誰やの、このおばあちゃんって。わからんままハグしたけど、ハグっていつからやの？　長崎やったけど、寿司食べて出よう思うたら、帰ろうとしはったアルバイトの子がね、綺麗な子やで。「あの、ハグしてください」言うたんや。まあ、するやんか。ほならその子帰りはって、帰るんかって。こっちは残るで。え、それで終わりなのって。男は余韻残ってるよ。女はただのハグやねん。

星野　可愛い女の子とはめっちゃハグしたいです。

鶴瓶　いつ頃からなの、ハグすんの？　俺が最初にハグわかったんは娘がスウェーデン人の友だちと家来よったんよ。それで帰りしなに俺の前でハグして。初めて見たんよ。何さらしとんねんって。ハグ？　何やこれって。

星野　抱きしめてるようにしか見えないですもんね。

鶴瓶　ハグって何やねんと。勃ったらどうすんの？

星野　ははは！　若い女子と人前でハグするのはいろんな意味でドキドキしますよね。

鶴瓶 俺は勃つよ。（同席している星野の女子マネージャーを見て）あ、ごめんなさい。
星野 大丈夫ですよ（笑）。俺も勃ちますし。
鶴瓶 似合わん人もおるよな。
星野 例えば誰ですか？
鶴瓶 誰もないけどな（笑）。俺、ハグようしてるで。ハグしてってめっちゃ言われるよ。危険やないと思われとるんやろな。めっちゃ危険やで。俺、そんなんしか考えてないで（笑）。
星野 ハグしてって言われることは、男として見られてないのかもしれないですよ。
鶴瓶 ようそんなこと言うな（笑）。逆にハグという名のもとに引っ付きたいと思うてるかもわからんよ。めっちゃいい匂いするよ、俺。
星野 ははは！
鶴瓶 でも、おもろい劇団やな、自分とこ。
星野 そうですね。ただ俺、劇団員じゃないんですよ。
鶴瓶 え？　そうなの。どないして入ったん？
星野 高2の時にワークショップを受けてから松尾さんと知り合いだったんです。そうしたら数年後に楽器を弾ける役者を探してるって言われて、それが『ニンゲン御破産』っていう松尾さん作・演出、中村勘三郎（当時・中村勘九郎）さん主演の舞台だったんです。そこに出してもらって。若手がたくさん出る公演で、みんな松尾さんに大人計画入れてくださいって言いに行ってダメだったんですね。それを飲み会とかで聞くわけです。でもずっと好きだったから何とかして入りたいなと思って、じゃあ社長の長坂さんに言ってみようって、中日くらいの休憩時間に「大人計画入りたいんですけど……」「いいよ！」って即答してくれて。

鶴瓶　ええルートで行ったんやな。

星野　凄くいいルートだったんです。

鶴瓶　やっぱ形変えたら行けんねや。でもええとこ入ったやん。

星野　音楽やってるんですけどいいですかって聞いたら、そっちの方が面白いじゃないって言われたんですね。初めてそういうこと言ってもらえたんです。それまでずっとどっちかに絞りなさいって言われてきたから。

鶴瓶　そんなんな、どっちかに絞りなさいって言う人は絶対あかんねん。俺ほんまにそう思う。バラエティを30年やってきて、10年前から落語もやって、でもね、バラエティを30年やってきてるゆうのがどれだけ強いか。落語しかやってない人よりずっと強いよ。鶴瓶というもんの基礎はバラエティを通じて作られたもんやんな。よく基礎が大事や言うけど、基礎だけにとらわれてたらおもろないわけ。そこからどう遊ぶかやねん。

星野 よくわかります。

鶴瓶 それでないと駄目なんよ。上手いやつおるよ。でも上手いだけやったら、これまで先人のいろんな名人が仰山おるわけやから、そっちの方がいいに決まってるわけでな。死んだ人にできなかったことをするのが俺らの役目やから。その人しかできないものをね。そのかわり行儀悪くしたら駄目やと思うんよ。行儀悪かったらそれは絶対いいとは思わない。

星野 基礎が大事ってよく言われますけど、その人によって基礎ってそれぞれ全部違うと思うんです。

鶴瓶 星野源の基礎っていうのは誰にも真似できないものやんか。で、自分がこうだと思うことをやってたら、駄目やった時に自分が一番わかるわけやん。恥かくの自分やし。『タイガー＆ドラゴン』で、最初のスペシャルの時はまったく知らんからね、レギュラーのドラマになる思うてへんわけやんか。普通に演技してたんよ。周りはもの凄い過剰な演技なわけ。で、スペシャル観たんや。俺一人浮いてんの。で、連続ドラマになる言うから今度は合わさなあかんって。そういうことが咄嗟にできるのは大事よね。

臨機応変に、人の邪魔しないような基礎ができてたらそれでいいと思うよ。絶対邪魔したらあかんのよ。何が大事やゆうたら空気感やな。間《ま》やと思うね。こっちの持っとる間とそっちの持っとる間がちゃんと合ったら、それが一番いいんちゃうかな。

星野 そうですね。いやあ、今日うれしいです。

鶴瓶 うれしい？

星野 ニッポン放送の青木さんっていう方わかりますか？　実は上野樹里ちゃんが前に鶴瓶さんのラジオに出た時、俺のCDを掛けてくれたらしいんです。CMで一緒だった時に渡したことがあって。

鶴瓶 樹里が持ってきたCDな。わかるわ。

星野 その番組を担当していたのが青木さんで、自分を気になってくれたらしく、その後『オールナイトニッポン』のオーディションに呼んでくれたんです。そうしたら受かって、それがあったから今J-WAVEでもラジオやらせてもらって。だから全部鶴瓶さんがきっかけでもあるんです。ラジオを始めてから人と話すのも好きになったし、この人苦手だなと思った人でも掘っていくと絶対好きになるじゃないですか。

鶴瓶 そうよ。俺『A-Studio』（TBS）やっててほんとにそう思う。

星野 だから話すのが面白くなって、ライブのMCで話すのも楽しくなったんです。それぞれにそれぞれがいい影響を与えて。だからいろんなことやっていて絶対いいはずなんだと思います。

鶴瓶 そうやで。いろいろやったらええねん。だんだん自分で着地場所がわかってくるいうんかね。それは一番ええのよ。俺も落語もあれば鶴瓶噺もあって、ラジオもあればテレビもあってって、いろんなことしてるからやねん。

星野 本当にありがとうございます。ずっとお話ししたいと思ってて、ようやくお会いできて凄くうれしかったです。

鶴瓶 俺もうれしいな。ハグしたろか？

（2012年3月15日収録）

星野源

×

レイザーラモンRG

れいざーらもんあーるじー｜お笑い芸人。1974年熊本県生まれ。立命館大学在学中に出会ったHGと意気投合し、'97年にお笑いコンビ「レイザーラモン」を結成。2000年、ABCお笑い新人グランプリで審査員特別賞を受賞。その後、吉本新喜劇に入団し、関西を中心に活動する。相方であるHGの大ブレイクを機にRGを名乗り、レイザーラモンの二人で東京進出。「ハッスル」を中心にプロレスのリングにも上がり、高い評価を受ける。'09年、市川海老蔵をモノマネしたキャラクター、市川AB蔵で「歌舞伎あるある」を披露したことをきっかけに「あるあるネタ」を進化させていき、「キング・オブ・あるある」としてカルト的な人気を得る。あるあるネタを乗せて歌う楽曲のレパートリーは、バービーボーイズ「目を閉じておいでよ」、石井明美「CHA CHA CHA」、ワム!「ウキウキ・ウェイク・ミー・アップ」、TUBE「シーズン・イン・ザ・サン」など多数。「ビッグポルノ」として音楽活動も行っていた。'14年のR-1ぐらんぷりで準優勝を飾る。現在は、藤井隆、椿鬼奴との音楽ユニット「Like a Record round! round! round!」にも参加している。

RG　昨日、『FLASH』の取材で吉原のお姉さんたちと一緒に「ブラの脱がせ方あるある」を考えてきたんですよ。いろんな種類のブラを何秒ではずせるか試しながら。
星野　どんなあるあるだったんですか？
RG　「ブラはずされた時、女の子〝もう〜〟って言いがち♪」。
星野　ははは！
RG　編集者の人が「ブラをはずされる時どんな気持ち？」って凄く綿密にアンケートを取ったんですけど、よくそれだけで特集組めたなって。「ブラ特集」じゃないですよ、「ブラはずされる時特集」ですから。超狭いです。
星野　狭いけど知りたいですね。
RG　そうそう。どういう気持ちなのかって。
星野　やっぱり片手ではずしたいですよね。
RG　あ、その話題も出ました。パッてはずしたいんだけど、そのためにはまず構造を知らなきゃいけないって。
星野　構造はブラによって違うんですね。
RG　そうですね。昨日、僕は4種類くらいはずしてみたんですけど、特にフロントホックは難しくて。

星野　ああ、そうでしょうね。

RG　一回パキッて折ってズラすみたいな。これ、絶対片手でできないよなっていう。後ろにホックがある時も、ツーホックまでなら親指を支点にしてはずせるんです。でもスリーホックになるとちょっともう難しいと思いました。

星野　フロントホックって開けたことないですね。

RG　僕も会ったことないです、フロントホックの人に。

星野　AVでたまに見るくらいですよね。フロントホックは後ろから手を回してはずしたくなりませんか？

RG　でもパッとはずれる瞬間を見たいっていう話もありますよね。

星野　なるほど。じゃあ正面で見た方がいいんですかね、フロントホックは。

RG　いや、ホックと逆側からはずしたくなるっていう意見もやっぱり……ほら、凄く盛り上がるんです、この話（笑）。

星野　はははは！

RG　昨日の取材もめちゃくちゃ盛り上がってだいぶ押しましたから。人それぞれの「ブラはずす論」があるみたいで。

星野　その話より盛り上がるかな、今日（笑）。

RG まあ、今のはアイドリングで。

星野 そうですね（笑）。いや、以前からお世話になっております。

RG 星野さんと最初にご一緒したのはラジオに声を掛けていただいた時で。

星野 その時にサインをもらったんですよ。

RG そうでしたっけ？

星野 「市川AB蔵」っていうサインを（笑）。

RG ああ、書いたなあ。そうかそうか。それ以来、星野さんのPVがテレビで流れると、うちの子どもに「ほらほら、お父さんの友だちが出てるよ」って話してますよ。YOUR SONG IS GOODのサイトウ〝JxJx〟ジュンさんに誘っていただいたこの間のライブも、友だちが出てるということで家族で観に行って。

星野 そうだ。SAKEROCKが出たイベントに来ていただいたんですよね。

RG でも星野さんってアルバムでもあれほど激しいマリンバさばきでしたか？ 観に行ったらマリンバ奏者かっていうくらい激しくマリンバを叩いてて。うちの子も食い入るように観てたんです。

星野 ありがとうございます。ジュンさんとは一緒にイベントをやってるじゃないですか。何がきっかけだったんですか？

RG　最初はジュンさんとダイノジの大地さんがやってる洋楽のビデオを観るイベントにゲストで呼ばれまして。

星野　そうなんですか。

RG　そこで盛り上がったんです。で、『洋楽大喜利』というイベントを自分で主催するようになって。もともと洋楽好きなので大喜利で洋楽ネタを入れがちなんですけど、ウケないんですよ、お笑いのお客さんの前では。それで「音楽ファン向けの大喜利ってありだな」ということをジュンさんに話してたら、ぜひやりましょうって。そのイベントはお客さんも回答者なんです。

星野　へー。

RG　前に「洋楽憲法第9条とは何?」っていうお題を出したら、お客さんが「壁にキーボードを貼ってはいけない」って答えたんですよね。「え?　どういうことですか?」って聞いたら、ジャーニーのPVで壁に貼ったキーボードをずっと弾いてるやつがあるって。そんなふうにお客さんに教えられるイベントなんです。ぜひ次は星野さんも。

星野　楽しそうです。

RG　もしかしたらマリンバ奏者ばかり集めたマリンバ大喜利もありなんじゃないですか。

星野　「マリンバあるある」ってできますかね。

RG　「4本で演奏する人を神格化しがち♪」とか。

星野　ははは！　バチ（マレット）を4本持つ人いますよね。俺絶対無理です。

RG　まさか6本持つ人もいますか？

星野　いるみたいなんです。

RG　星野さんはマイ・マリンバですか？

星野　マイ・マリンバです。ずっと欲しくて2007年頃に買ったんですよ。細野晴臣さんが1976年に出した『泰安洋行』というアルバムでマリンバを演奏していて、それを高校生の時に初めて聴いて自分もやりたいなってずっと思ってたんです。最初は借りてたんですけど、お金稼げるようになってやっと買えたんです。高いんですよ、マリンバって。

RG　差し支えなければお値段って？

星野　自分のは30万円くらいです。

RG　うわー、高っ！

星野　これでもすごく安いんですよ。中学生の教材用で小さめのやつだから。普通の大きさのを買うと120万円くらいするんです。買って家に置いておいたんですけど、その頃の部屋が狭かったので、ベッドとテレビとマリンバでスペースが埋まっちゃって（笑）。ベッドの端に座ってマリンバの上でご飯を食べるみたいな生活でしたね。

RG　マリンバ・デスク！

星野　マリンバ・デスクでした。だから隙間に食べものが落ちるんですよ。

RG　隙間ありますよね。テーブルクロスか何か敷いとかないと。

星野　昔、学校の音楽祭で後輩が『剣の舞』を演奏してたんですね。それを聴いて、これはパンクだなと。テンポは速いわ動きは激しいわで、それが記憶に残っていて、パンク的なアプローチでマリンバを叩いたらかっこいいだろうなとずっと思ってたんです。

RG　ギターだと普通じゃんっていうことになりますよね。

星野　それ、わかっていただけるのうれしいです。ギターを歪ませればパンクかというと違いますもんね。それはロックでも同じことが言えます。でもミュージシャンでそこを意識している人ってごく一部で。

RG　僕も音楽が大好きでいろいろ聴いてきて、結局人のやってないことをやるのがかっこいいんじゃないかと思うんです。それでフュージョンのベーシストが一番かっこいいなと思って、ベースを買ってチョッパーの練習ばかりしてるんですけど（笑）。

星野　凄くいいですね。

RG その先に行ってるんですよね、マリンバって。

星野 マリンバ、評判よくてうれしいです。

RG お笑い界だと落語こそパンクみたいになってきてるんじゃないですか。桂三度（元・世界のナベアツ）さんみたいにお笑いをやり尽くした人が落語をやるっていう。マリンバも古典的な楽器じゃないですか。だんだんそうなっていくんですね。

星野 テレビを観ていて感じるのは、RGさんって、テレビでの「伝わる／伝わらない」の基準を壊した人だと思うんです。この時代にテレビ番組でバービーボーイズをあれだけ長い尺歌うって、普通はできないじゃないですか。

RG 1番をフルで流すのも無理ですよね。

星野 しかも「あるある」で。それをRGさんは堂々とやってる。

RG いや、なぜ「あるある」の替え歌ができあがったかと言うと、普通に替え歌を作ってもなかなか歌詞が覚えられなくて、これは自分には無理だなと。じゃあとにかく歌詞はシンプルにしていこうって「あるある言いたい」に特化されていったんですね。で、「あるある言いたい」に特化した時、普段聴いていたTUBEの『シーズン・イン・ザ・サン』という曲が解体されていって。

星野 解体！

RG　どこで「あるある言いたい」を言えばいいのかとか、ここは原曲の歌詞の方が面白いんじゃないかとか、「俺、解体してるな」っていう気持ちになったんです。

星野　ははは！

RG　最初は自分でもバカみたいな替え歌だと思ってたんですけどね。中でも『シーズン・イン・ザ・サン』は、いろんな「あるある」を聴いてきた先輩たちが「あれは最高傑作だ」と。

星野　なるほど。

RG　サビが最初にあって、グワーッとつかまれて、一回緩やかになって、もう一回サビが来る。みんな引き込まれるって言うんですね。あんなにできた曲はないって。あれを見付けてしまったがために、他の曲が物足りなくなってきてるところもあります。いや、歌詞を台無しにして作詞家の方には申し訳ないんですけど（笑）。

星野　最初の頃にやっていたワム！の『ウキウキ・ウェイク・ミー・アップ』も好きですけどね。

RG　あれもサビになった瞬間に壊される感じがありますよね。

星野　「あるある言いたい」のくり返しで曲を持たせるっていう、その構造を生み出したのは本当に凄いなと思って。

RG　例えばこっちに数千という曲のリストがあって、もう一方に数万という「あるある」ネタのリストがあったら、その組み合わせで無限に替え歌ができるじゃないですか。しかも「あるある」は深夜番組ではできても、ゴールデンのテレビ番組ではあまりやらせてもらえない。いい意味で消費されにくいんですね。尽きない石油を掘り当てたような気持ちでいて。

星野　はははは！

RG　自分はその使い道を与えられたのかなと。これまで好きだった音楽とお笑いがすべて今やってることに集約されてて、生きてて無駄なことなんてなかったんだなって気持ちなんです。

星野　素晴らしいですよね。好きでやってるっていうことも伝わってくるし。この間やっていたあれも好きです、「アバターあるある」。

RG　「ジェームズ・キャメロン監督はシガニー・ウィーバーに頼りがち♪」っていう。

星野　そうそう（笑）。やっぱり好きでやってる感じがします。

RG　これは『アバター』を観た時に突き動かされるものがあったんですよね。アバター になりたいという気持ちが湧いてきて。

星野　ははは！

RG　でも同時に冷静な自分もいて、全身を青く塗るのは簡単だけどテレビや舞台でやるとなったら大変だ……タイツだ！　って。すぐに『ドン・キホーテ』に走りました。ただ、鼻のポコッと出てるところは子どものおもちゃだったり、髪の毛は昔使ってたヅラを利用してたり、無駄だと思っていたものがすべて役に立ってるんです。驚いたのは星野さんも『ひらめき』っていう曲の中で同じようなことを歌っていて。「輝き無駄の中に」っていう歌詞で。

星野　ありがとうございます。無駄は大切ですよね。

RG　そうですそうです。

星野　今、ダウンロードで1曲ずつ買える時代ですけど、昔は聴きたくない曲もアルバム単位で買って、聴いてるうちに好きになったりしましたよね。最初は無駄だと思っていたものから音楽の世界が広がっていくことがすごくあって。今の便利さはとても素晴らしいけど、そういう無駄なプロセスがなくなってきたなあと思うんです。

RG　カセットテープの時代はお気に入りの曲を聴くまで、ほかの曲も聴かなきゃいけなかったですけどね。

星野　それが嫌なら編集して、ベストテープを作って、そこで編集力が身に付くっていう。曲間の秒数も全部自分で決めなきゃいけないですから。

RG スティーヴ・ジョブズにはほんと申し訳ないですけど、iTunesやiPodは人間を衰えさせたと思いますよ。曲順を決めるDJ的なセンスとか。

星野 そんな状況が進行している中、RGさんは世の中に一石を投じてるような気がします。

RG はい、自分でも知らぬ間に。

星野 RGさんには左脳で考えてたら生まれない何かを感じるというか。

RG 僕や椿鬼奴は吉本興業というどデカイ組織じゃないと生き残れなかったと思うんです。バービーボーイズみたいなネタって女子高生しかいない劇場ではまずウケないですから。もし他の事務所ならその時点で終わりですよ。でも吉本という名の超デカい農場は、隅っこでいつまでも出荷されずにエサばっか食ってる僕らを許容してくれて。

星野 それをディレクターさんや先輩のみなさんが引き上げてくれたと。

RG 実はそれしかできないってことなんですけどね。それしかできないってことをまわりに言ってると、「じゃあここにはめてみよう」っていうことになる。

星野 なるほど。

RG 料理で言うとウズベキスタン料理みたいなもんですよ。ファミレスをやりたかったけどできなくて、レアなウズベキスタン料理屋をやってますって。

星野 「あるある」を始める前はどういう感じだったんですか？

RG 最初は大学時代に学生プロレスをやっていたので、プロレスっぽい動きを入れたコントをやってました。でもウケないので、吉本新喜劇に入れられて、小藪（千豊）さんに「お前らベタができてない」って超ベーシックな笑いを叩き込まれたんです。そうしたらHGが変なブレイクをして、じゃあ相方のお前はどうするんだって。その時ですよね、ケンドーコバヤシさんが「お前、市川海老蔵みたいだな」って言って、僕が海老蔵さんのモノマネをするようになったのは。そうしたら『リンカーン』（TBS）の「あるある芸人エレベーター」のオーディションを受けることになって、歌舞伎の「あるある」って何だろうって追い込まれた末に、「中村勘三郎さんを今でも勘九郎って言いがち」というネタができたんです。その一個だけですけどね。『リンカーン』という超メジャー番組に爪楊枝一本だけ持って突っ込んでいったみたいな。

星野 ははは！

RG 「あるある」はそこからです。

星野 それでオーディションに受かったわけですね。

RG でもそこから時間が掛かりました。R-1ぐらんぷりの一回戦で落ちたりして、何が面白いのか凄く悩んで。でもコバヤシさんがラジオに呼んでくれて「ティッシュあるあるないんか?」とか無茶ぶりされたり、コバヤシさんと宮川大輔さんに呼び出されて「あるある」を一晩中歌わされたり、そうやって鍛えられての今ですね。

星野 そういう過程は大事ですよね。最初から自分の思い通りじゃなくて、例えば今の話だったら『リンカーン』の枠に合わせて」がんばることとか。「メジャーなものに合わせるな」って言う人もいるけど、それって自分の枠を越える大事な作業だと思うんです。

RG 凄くわかります。僕にとっては新喜劇もそうでした。

星野 抵抗感のある場所に突っ込んだり、強大な枠に合わせてみたりするのって、自分にとって成長のチャンスでもあるんですよね。そこをクリアして、なおかつ自分の面白いと思うことをやりきれたら、一人でツッパるより何倍も難しいけど、何倍もかっこいいと思います。例えばテレビの音楽番組で歌うのって基本的に2分半までって決まりなんです。でも出て歌ってみると、次は2分半に縮めても伝わる曲を作ってみようとか、そういえばビートルズは2分半に全部詰め込んでるなとか、そういうことに気付くんです。

RG お笑いで言うと、俺たちはネタだけで勝負するんだってこもってネタを作るのは、一見大変そうだけど楽なんです。外に出て普段あまり会わない人と会う方がしんどいですもん。こもってネタ作りしてる人は逃げてると思うんですよね。

星野　それ、凄くわかるなあ。何かに真摯に向き合ってる振りをして逃げてるんじゃないかって。

RG　自分の好きなことばかりやってても広がらないいし、可能性を持っていてもそこで終わっちゃう。無理矢理リングに上げられることで、自分の違う魅力に気付くことがありますよね。

星野　アンダーグラウンドな場所でアナーキーでいること自体に魅力を感じてしまう人は、実はアナーキーではないと思うんです。それを「アナーキーだろ?」って主張する人を見ると「もう、バカ!」って（笑）。テレビみたいにパブリックな場で『マンピーのG★SPOT』を歌ってる桑田佳祐さんの方が何倍もアナーキーじゃないですか。（ビート）たけしさんやタモリさんもみんな見慣れてるだけで本当はとんでもないことをしてる。それが一番かっこいいし、憧れますよね。その境地に近付くためには、自分でも嫌だと思うことをやらないといけないよなって。するといいことがあるんです、たまに。嫌なことだけで終わる場合もあるけど（笑）。

RG　わかります。9割後者ですけど。

星野 でもたまに人生が変わるくらい素晴らしい宝石をもらえる時があるんですよね。

RG 苦行をして悟りが開かれるみたいな。程度の違いはあれ、たぶん僕らインドの修行僧と同じこと言ってますよね。苦行くださいっていう。

星野 苦行ください（笑）。

RG 僕の場合、その考えの根底にあるのは小さい頃の育てられ方なんです。僕は親から「悪いことがあれば絶対にいいことがある」って教えられてきたんですね。後でいいことがあるから、今は辛いことに耐えられるみたいな。きっと一緒なんですよ。

星野 その感覚って大事ですよね。

RG だいたいマリンバを選んだ時点で苦行ですよ。

星野 ははは！

RG ギターならいろんな教則本があるし、モテるし、いいことがたくさんあるのに、なんでマリンバの上でご飯食べなきゃいけないんだって。苦行です。

星野 そうですね、確かに。

RG でもうちの7歳の子どもを動かしたのはマリンバですから。

星野 ああ、そうか。うれしいです。

RG 我々は——すみません、僕ら同類と思って話しますよ——たぶんそういう苦行センサーが発達していて、何かにつながると信じてしんどい道を突き進んでる。人と違うことをするっていうことは苦行なわけですよ。そもそも娯楽業界に入ったこと自体が苦行だし、その中のはじっこを選ぶというのも苦行。

星野 はじっこからメインを目指す苦行でもありますね。

RG うわっ、凄い遠回り！　でもその間に筋肉が付いてるから遠回りも無駄じゃないんです。

星野 確かに。自分は2年くらい前から本格的に歌の活動を始めて、もっと前からやればよかったのにってよく言われるんですよ。二十歳《はたち》から歌ってればもっとよくなってたんじゃないかって。でも絶対に違うんですね。遠回りして心の筋肉が付いたから歌えるんです。二十歳なら書けなかった歌詞が今だから書けるっていうのもあるし。遅咲きには遅咲きの理由があるんですよね。

RG 森光子さんなんて40歳からメインストリームらしいじゃないですか。どれだけ遅咲きなんだって。でも寿命を100歳と考えたら、我々まだ赤ん坊ですからね。

星野 折り返し地点すら行ってないです。

RG 我々の遠回りなんてまだまだですよ。ちなみに音楽だと「○○シーン」っていうのがありますよね。メタル・シーンとかオルタナティヴ・シーンとか。で、どのシーンから出てきたかってバックグラウンドとしてけっこう大事だと思ってるんです。もし星野さんがEXILEのシーンの一員だったら。

星野　はい（笑）。

RG　我々は出会うことがなかったですよね。お笑いの中にもそういうシーンがあって、どのシーンに身を置くかによって見てくれる人たちが違うんです。きっと『ピカルの定理』（フジテレビ）のファンは僕の芸風に馴染まないでしょうから。でもコアなお笑い好きの中にはRGを本当に見たがってくれてる人がいる。そういう人たちを集めて、前に「あるあるバスツアー」を開いたんですよ。福島のスパリゾートハワイアンズまで車中でずっと「あるある」を聞いてもらうっていう。でも18人くらいしか集まらなかったんです。

星野　そうなんですか。

RG　さすがに少なすぎるのでまわりはやめようって言ったんですけど、僕は楽しみにしてる人がいるんだから赤字でもやるって。それで2泊3日のツアーを強行したんです。そうしたらツアーの最後に、同行した記者さんが「RGはこういう狭いシーンを大事にしてる」って泣いてて。その時、僕はしかるべきシーンにいて、届けたいものをちゃんと届けられてるという妙な手応えを感じたんです。やっぱり自分のいるべきシーンを選ぶ嗅覚も必要なんじゃないかって。

星野 自分は昔からどこに行ってもアウェイな感じがあって、寂しすぎて泥のように街を徘徊したりするんですけど（笑）、でも唯一ホッとできるのは、お客さんが求めてくれてるっていうことを実感できる時なんです。もちろんたくさんの人に聴いてほしいし、100万枚売れたい。

RG 売れたいですよね。

星野 でも会場の後ろで黙って観ているような人が、その日のライブを一生覚えていたら、100万枚と同じくらい強いと思うんです。その人の人生に刻み込まれるわけだから。もちろんキャーキャー言われるのもうれしいけど、何も言わずにただ聴いている人、見えないお客さんをずっと意識していたいなと思います。

RG そうですね。

星野 かと言って、そこだけでいいやっていうわけでもないんですけど。

RG そうは思ってないです。

星野 その両面あることが大事だなって思います。

RG そう言えば、この間鶴瓶さんの前で「あるある」を歌ったんですけど。

星野 何て歌ったんですか？

RG まあ、最初は「チンコ出しがち♪」って歌おうとしたんですよね。でも先に本人に言われちゃったんです、「俺、最近チンコ出さんよ」って。それで追い込まれた末に、結局「メガネのフレーム細い♪」って。

星野 ははははは！

RG でも何なんでしょうね、鶴瓶さんが醸し出すあの「初めて会った感じじゃない感」って。凄いですよね。その時はN夙川《んしゅくがわ》BOYSさんが一緒だったんですけど、「夙川っていうと連れの家が前に夙川で……」ってすぐ盛り上がる。あれはできないなと思いますね。

星野 お話しして凄いなと思ったのは、いっさい「盛らない」って言うんです。盛った瞬間に面白くなくなるって。

RG お笑いは盛りがちですけどね。

星野 鶴瓶さんは他人に対して間口が広すぎます。でもだからこそ変な出来事がたくさん起こるんじゃないですかね。

RG 盛らないけど行動してるっていう。

星野 やっぱり常に努力してるんですよ。テレビにたくさん出てるメジャーな人なのに。

RG 前に新喜劇の先輩から言われたんです、「テレビはご褒美やねん」って。テレビはそれまでやってきたことの一部を、ほんのちょっと出せるご褒美だって言うんですね。鶴瓶さんもテレビでやってることは氷山の一角で、その下にいろんなものを抱えてるのがわかるじゃないですか。だからテレビの一瞬のために、たくさんの経験を積まなきゃいけないなって。

星野 そうですね。この間『ミュージックステーション』（テレビ朝日）に初めて出演して歌ったんです。

RG えー、出たんですか！

星野 それがもの凄く楽しかったんです。関わってる人たちはみんなプロで、画面からは伝わらないかもしれないけど、セットチェンジの最中とか現場は戦争なんですよね。でもその間、トーク席では普通に話していて。ライブよりもライブ感があるんです。

RG へえ。

星野 出演者の皆さんもそこに出てるんだっていうプライドと高揚感がたぎってて、ふと見たらまゆゆさんがずっと歌の暗唱をしてて。背中から炎が見えたというか。

RG オーラじゃないんですか？

星野 炎なんです（笑）。リハーサルではタモリさんが本番では絶対言えない冗談を言ってたりして。すごくいい現場だったんです。これ、ご褒美だなあと思いました。

RG いいなあ、『ミュージックステーション』。タモリさんに「次、レイザーラモンRGです。最近あるあるはどう？」とか言われたいなあ。

星野 ははは！

RG やっぱり仕事が順調だとたくさんのプロに会えますよね。

星野 でもプロであればあるほど普通の人だなあと思うんです。細野晴臣さんなんて凄く普通で。これは何度も話してることなんですけど、細野さんが初めてご飯に誘ってくれた時、「行きつけの店があるから」って言われて、ヤッターと思って付いていったら近所のジョナサンだったんです。

RG えー！

星野 「これが美味いんだ」ってハンバーグを指差して（笑）。本当に普通の人で。そこにすごくグッときます。本当のプロは偉ぶらない。

RG ファミレスって、最近いろいろ考えるんですけど、やっぱり凄いですよね。思うにファミレスは『ミュージックステーション』なんですよ。

星野 ははははは！

RG まずファミレスってメニューがバンバン変わるじゃないですか。でもバンバン変わる中で、ずっとあるメニューがやっぱり美味いんです。今、自分で話してて鳥肌立ってきましたけど。

星野　変なところで鳥肌立ちますね（笑）。

RG　誰がいつ食べても美味しいものを、それほど高くない価格で提供する。でもその下には膨大な努力と――。

星野　そうですね、農家さんとの契約とか。

RG　たくさんの人の貢献があるんです。つまりそれは『ミュージックステーション』のセットチェンジであり、生放送のピリピリ感であり、ミュージシャンの下積みであると。

星野　確かに『ミュージックステーション』だ！

RG　ファミレスのありがたさと『ミュージックステーション』のありがたさは一緒ですよ。あんなに凄いものが普通にあるというありがたさ。うん、あらためて我々はファミレスを目指さないといけないです。

星野　はい（笑）。

RG　まだ僕は季節限定メニューですから。ポルチーニ茸の何とかみたいな扱いですよ。

星野　ははは！　俺もそうです。

RG　いつかはハンバーグになりたいですね。食通も唸らせるし、普通の人も大好きっていう。
星野　「コアラのマーチ」と一緒ですね。
RG　え、「コアラのマーチ」ですか？
星野　テレビの企画で、フランスのパティシエがいろんな日本のお菓子を食べて、これが一番美味いって言ったのが「コアラのマーチ」らしいんです。
RG　そうなんですか。あ、「マーチ」と言えば……。
星野　何ですか？
RG　「マーチ」つながりでもう一つあるんですけど、日産の「マーチ」っていう車がありますよね。カルロス・ゴーンが日産の社長になった時、「どの車が一番欲しいか？」って聞かれて、答えたのが「マーチ」だったそうなんです。「ここに車のすべてが詰まってる」って。
星野　へえー！つながりますね。
RG　つながってるんですよね、全部。
星野　じゃあ最後に「星野源あるある」を一ついいですか？　前に一度お願いした時は「スウェット着がち♪」と「ドラマ出がち♪」でしたけど。でも「ドラマ出がち」って役者に言うことじゃないでしょうって（笑）。

RG　じゃあGAOの『サヨナラ』に乗せて歌います。「人を罵倒する時、短い言葉で言い切りがち♪」。

星野　……えーと。

RG　普段は文句なんて言いそうもないのに、誰かを罵倒する時に「死ね！」とか「バカ！」とか2文字にまとめるなって。さっきもアンダーグラウンドぶってる人を「バカ！」って言い切ってましたから。

星野　ああ、それ初めて言われました（笑）。

RG　「たまに感じる憎悪は2文字にまとめがち♪」。

星野　ありがとうございます！（笑）。

（2012年11月15日収録）

星野 源 × 山下和美

やました・かずみ｜漫画家。1959年北海道生まれ。'80年に『週刊マーガレット』でデビュー。主に少女漫画誌を中心に活動していたが、'88年から『モーニング』にて『天才柳沢教授の生活』の不定期連載を開始。その後、2001年に同誌で『不思議な少年』の不定期連載も始め（現在は『モーニング・ツー』）、女性、男性を問わない幅広い人気を得る。代表作『天才柳沢教授の生活』は、規則正しく暮らすY大学の柳沢教授と周囲の人々のドラマを描く作品。その中の長編ストーリー「昭和20年編」は、若き日の柳沢教授が終戦直後のある屋敷を巡る物語に関わっていく感動巨編で、ファンの高い人気を誇る。『不思議な少年』では、時空を超えてさまざまな人たちが織り成す奇跡を描き出した。'10年から『YOU』で不定期に連載されている『数寄です！』は、ある建築家との出会いから数寄屋を建て、そこで生活する過程を描いたエッセイ漫画。新境地に挑んだミステリアスな長編『ランド』を'14年より『モーニング』にて連載している。'03年に講談社漫画賞一般部門を受賞した。

星野 もう数寄屋《すきや》は建ったんですか？

山下 建って住んでますよ。でも家の中に何もないんです。見かねてみんな持ってきてくれますね、備前焼の花入れとか。この間取材があって、設計の人と一緒に写ったんですけど妙な違和感なんです。着物で座っていても後ろに掛けるものが何もないから困っちゃって。それで近所のおばさんところに行って、「助けてください」って言って掛け軸を借りてきたり、お花の先生を呼んで緊急で活けてもらったり、嘘の数寄屋生活を送っております。

星野 いや、素晴らしいです。

山下 すみません、いきなり私のことばかり話して。

星野 いえいえ、今日は山下さんの話をゆっくり聞かせてもらえれば。のんびりとした感じで。

山下 ありがとうございます。普段あまりこういうところに出る機会がないので。でもなんで私なんでしょう？

星野 中学生の頃から『天才柳沢教授の生活』を読んできて、雑誌『フリースタイル』の「くりかえし読む一冊の本」特集で『柳沢教授』でエッセイを一本書かせていただいたんです。『柳沢教授』の「昭和20年編」が本当に大好きで。

山下　全然知りませんでした。ツイッターで「星野源さんに会う」ってことを言ったら、「柳沢教授のことを話してましたよ」って教えてくれる人がいましたけど。

星野　山下さんの漫画はどれも好きなんですけど、何て言えばいいんだろう、全部好きとしか（笑）。

山下　自分でも自分の漫画のことが説明できないんですよね。なぜ『柳沢教授』の「昭和20年編」を始めたかというと。

星野　え、もう話しちゃうんですか！　今日のクライマックスだと思ってたのに。

山下　編集者から「柳沢教授が青空学級をやる話は？」と言われて、それが転がっていくうちにああやって複雑な話になっていったんですね。

星野　そもそも最初はどんなストーリーにしようと思っていたんですか？

山下　それが全然考えてなかったんです。

星野　えー！

山下　こんなキャラを出そうということは考えてましたよ。あとベースが建築好きなんですね。デビュー作も建築の話で、「昭和20年編」も最終的に屋敷の話になっていきますけど、舞台になる建物のことを調べていくうちにぽつぽつとシーンが浮かんできて、それをつなげたらストーリーができたんです。

星野　そうなんですか。

山下　だからちょっと分裂気味の性格というか（笑）。編集者と話していたらキーワードがどんどん出てきて、要素がたくさん出揃った中から最後に相談してこういう話にしましょうって。

星野　じゃあ描いてる時はストーリーだと思ってないんですね。

山下　シーンですね。編集者に教えてもらうんですよ。ここをこうつなぐとストーリーができますよって。自分でもどこに向かうのかわからないんです。いつも描いてるうちにできてくる。高校の時に私、国語が3だったんですよね。作文を書いていても、途中で主語が誰だかわからなくなって、話が分裂していく（笑）。だから編集者の力が大きいです。

星野　自分の思いを伝えたいというより、頭に浮かぶものを取り出して描きたいっていう感覚ですか？

山下　そうそうそう。自分のこととなるとなかなか思い付かないんです。自分のことをよくわかってないから。キャラクターに置き換えると出てくるんですね。なんか不思議な作り方をしていて。

星野　数寄屋を建てるエッセイ漫画『数寄です！』は自分が主人公じゃないですか。自分自身を主人公にするのは初めてですよね。あれは難しいですか？

山下　でも『数寄です！』は自分を卑下して描いてるので。

星野　もう一人の自分を作るというか、デフォルメして描いてますよね。

山下　そう。あれはいい家を建てて住みたいという目的だったわけじゃなくて、自分に負荷を与えて、漫画家としてもう一度最初からやり直したいという考えがあったんです。そうでもしないと、もしかしたら消えてしまうかもしれないという恐怖感があって。

星野　マジですか……。その時、スランプだったりしたんですか？

山下　つねに不安を抱えていたというか、このままじゃ古ぼけるなという恐怖感を持っていたんですね。漫画の世界は10代の人も同じ土俵で闘ってるわけじゃないですか。だからバシッと負荷を与えないとその先に行けないような気がして。

星野　それで家を建てるって発想になるのが凄いです。

山下　しかも自分で維持しきれないような（笑）。

星野　そうそう、とんでもない家を。

山下　でも建てて人に嫌われることはないかなと思って。

星野　ああ、周りに迷惑がかかる自分への負荷の掛け方もありますもんね。素晴らしいです。山下さんの漫画をなぜ好きかというと、例えば『柳沢教授』なら日常のコメディーがいきなり深い哲学的な話になって、人間の一言では言い表せない部分がふいにあらわになるじゃないですか。外見は凄くやわらかいのに、哲学書を読むような読後感っていう、それが快感なんですね。読んだ後、経験値が上がった気がするというか。

山下 私は変わらないですけど（笑）。

星野 いやいや（笑）。『不思議な少年』も壮大なストーリーなんですけど、最終的には人間のちょっとした寂しさやおかしさに辿り着くんですね。「私凄いことやってます」っていうところが1ミリもないのに、もの凄いことをやっているところがかっこいい。

山下 かっこいいですか？

星野 はい。かっけー、超ヤバいみたいな感じになるんです（笑）。山下さんのインタビューをたまに読ませていただくとロックがお好きなんですよね。

山下 ロックが好きなのは家の環境のせいです。お姉ちゃんがよく音楽を聴いていて、ビートルズ・ファンクラブ小樽支部に入っていたんですよね。それでビートルズやドアーズを聴かされてたんですけど、「かっこいい音楽はこういうものだ」という価値観を植え付けられそうになった時、私はあえてどん臭いものを好きになったという。それが妙な快感だったんです。

星野 ちなみにどん臭いものっていうのは？

山下　お姉ちゃんが足蹴にするようなものに一目惚れしちゃうんですよね。まあリッチー・ブラックモアなんですけど（笑）。それで隠れて聴くんです。じゃないと怒られるから。自分でかっこ悪いと思いながら聴いてるんですよ。

星野　そのかっこ悪さがまたいい？

山下　そうそう。

星野　山下さんが描く登場人物って、周囲には嫌われてるけど、そのストーリーを読むことで読者だけは好きになれるというものが多い気がするんです。人を表面だけで判断せずに、きれいな人もどん臭い人も意地悪な人も、みんな平等に描いていて、その山下さんの設定する平等のさじ加減が絶妙というか。

山下　かっこ悪い音楽を自分でもかっこ悪いなと思いながら聴いている影響は、そういうところに出てるかもしれません。

星野　かっこ悪いけど本当はいいんだっていう気持ちですか？

山下　まわりに上手く説明できないんですけどね。以前、ある漫画家の方に「リッチー・ブラックモアが好きってまさか顔じゃないよね？」と聞かれて、「顔も好きです」と答えたらゴキブリを見るような顔をされましたけど（笑）。

星野　ははは！　面白いです。

山下　10代の時、リッチー・ブラックモアを追いかけて広島まで行ったんです。それでサインを貰おうと思ってホテルの前に立ってたら、その頃まだウォークマンがなくて、大きなラジカセを持ったリッチーが歩いてきたんですよね。えらく怖くて。

星野　ちょっと待ってください（笑）。大きなラジカセを持って外を歩いてたんですか？

山下　そう、大音量で音楽を掛けながら歩いてるんです、リッチーが。サインを貰おうと思ったけど、目つきがあまりに怖くて立ちすくんじゃいましたね。結局声を掛けられずにそのまま新幹線で帰りましたけど、その時に音楽の世界は遠いなと。

星野　漫画を描き始めたのはいつ頃だったんですか？

山下　描いてたのは子どもの頃からなんですけど、大学では教員免許を取ろうと思ってたんです。ところが2年生の時に何となく雑誌に投稿したら通って、漫画家になったら意外と向いてて、気付けば32年って感じです。

星野　自分の年齢とほぼ同じですね。

山下　１９８０年にデビューして、休みもほとんどなくずっと描き続けてます。

星野　素晴らしいです。やめたいと思ったことはないんですか？

山下　一回もないですよ。他に食べていくものが何もないですから。考えもしたことがないです。

星野 先ほどおっしゃっていた危機感が生まれたのはいつ頃ですか？

山下 最近ですね。作家として古ぼけずに続けていけるのかという危機感が出てきたのは。

星野 何かきっかけがあったんですか？

山下 前から何となくは思ってたんです。ただ私はいくら古ぼけてもいいんだけど、作品が古ぼけるのは怖い。自分で自分の真似をする恐怖感もありますよね。だから自分の立ち位置を変えなきゃという強迫観念があって。それで家を建てたんです。

星野 例えば音楽を作る時に、他の音楽に影響されて作る人もいれば、音楽以外のものに影響されて作る人もいますよね。自分の1stアルバム『ばかのうた』は『柳沢教授』と『不思議な少年』からできた曲が多いんです。

山下 嘘!? 本当ですか？

星野 本当にそうなんです。山下さんも物語から物語を作るわけじゃないんですよね。「昭和20年編」なんて最初から伏線が張ってあるような丁寧な話なので、どうやって作ったんだろうなと思っていた矢先の、まさかの「考えてない」だったので（笑）。

山下 自分でも本当にどこに行くかわからないんです。途中でキャラがまったく動かなくなることもあったりして。

星野 「昭和20年編」は読み終わった瞬間、鳥肌が1時間くらい消えなかったんです。何じゃこりゃと思って。

山下 うれしいなあ。

星野 確か描き終わった後で熱を出されたんですよね。もの凄く体力を使ったんだろうなって。

山下 ちょうど『柳沢教授』がドラマ化されたり、講談社漫画賞を取ったりした頃で大変だったんです。スタッフもみんなあの頃は記憶がないって。

星野 そういう時に限っていいものができたりしますよね。

山下 ボーッとしてたら、アシスタントに「服はアレン中佐なのに顔が柳沢教授になってます、先生」って。

星野 ははははは!

山下 そんな状態に陥ってましたね、私は。

星野 作品を描く時、取材はどの程度するんですか?

山下 「昭和20年編」の時はフランク・ロイド・ライトの本を揃えました。19世紀末からアメリカで活躍した建築家で、「昭和20年編」に登場する屋敷のヒントになったのはライトの建築なんです。資料はいつも必要に迫られて読みますね。『不思議な少年』の出だしは『キテレツ大百科』みたいな話を描こうと思ってたんですけど(笑)、次は歴史ものかなと思っていた時に編集者から「山下さん、ソクラテスは？」と言われて、わーっと資料を調べて「ソクラテス編」を始めたんです。『不思議な少年』を描き始めた本当の理由は知ってますか？

星野 え、『キテレツ』じゃなくて他にあるんですか？

山下 小学校6年生くらいの時、マーク・トウェインの『不思議な少年』という本を読んで感動したんです。それで一度漫画に起こしたことがあったんですけど、そのことを編集者に話したらしばらくして「山下さん、あれいいんじゃないですか」って。そこから始まったんですね。考えてみれば編集者の力は凄く大きいです。ときどきムチを入れられてね。以前、編集者から「漫画家は長くやってると古びてくる」と言われて、「まず映画を100本観ろ。それまで次の打ち合わせはしないから」って（笑）。

星野 ははは！

山下 もう飛び上がっちゃって、私が最初にやったことは何かと言うと、ノートに線引いて100番まで番号を振ったこと（笑）。いつの間にかフェイドアウトしてましたけどね。

星野 自分のペースでやってらっしゃるイメージでしたけど、そうでもないんですね。

山下 始終ムチで叩かれてますよ。

星野 音楽も一人じゃできないですけど、漫画家と編集者の関係って密な感じですよね。

山下 この間も一緒に映画を観ながらアイディアを練ろうって、『アンダーグラウンド』（エミール・クストリッツァ監督）を3時間観ました。

星野 あれ、いいですよね。

山下 1時間くらいたって、これ、ヤバくないって。ディテールの描き方が凄いですよね、一人ひとり全員に目を配ってるところが。そういうものにちょこちょこ刺激をもらいながらやってる感じです。

星野 描きながら話が見えてくる作り方には恐怖もあったりするんですか？

山下 いや、何とかなるだろうって（笑）。

星野 そっちなんだ！ なるほど！

山下 その辺は楽観主義なんです。

星野 この間曲を作っていて、マスタリングが午後4時から始まるのに録音終わったのが午後3時半でした。でもわりとのんびりした気持ちなんです。まあ大丈夫だよって。

山下 それはわかるなあ。

星野 むしろそっちの方が楽しいんですよね。うえー、あと2時間しかねーよとか言って（笑）。

山下　締め切りが作品を作るようなところもありますからね。私は芸術家ではない気がするんです。作り方が職人っぽいなって。漫画家になってなかったら寄木細工とか作ってたかもしれません。

星野　『不思議な少年』のエピソードに「人間の発明したもので最もすばらしいものは何か」という問いから始まるものがありますよね。教師は「宗教だ」って自信満々で言うんだけど、主人公はそれは「歌です」って言う。読んだ時に「言われちゃった！」と思ったんです。「それほんとは音楽する側が発信するべきメッセージじゃん！」って。

山下　そう言っていただけて本当にうれしいです。あの場面は編集者と「人類が最初に発明したのは本当に火なんだろうか？」って話していて、そこから生まれた話なんです。

星野　なるほど。

山下　この間描いた『柳沢教授』は編集者が小学生の頃に見た「ベルサイユおじさん」がヒントで。

星野　それだけで面白そうです（笑）。普段からヒント探しはしてるんですか？

山下　はい、どんなきっかけから話が浮かぶかわからないので。昨日は何かヒントないかなって、カメラ好きだった父が撮っていた私の子どもの頃の写真を見ていたんです。そうしたらえらい写真ばかり出てきて、顔はキリッとしてるのにおむつが凄い下までずり下がってたり（笑）。自分の恥ずかしい過去もヒントにできないかと思っちゃうんですね。

星野　この間曲作りをしていたら急に「錆びた鉄」っていうフレーズが出てきたんです。それで東京タワーの3分の1が朝鮮戦争でスクラップされた米軍の戦車からできてることを思い出して、じゃあ電波塔の歌にしようと。

山下　東京タワーですか。私ね、東京タワーって一度も上ったことがないんですよ。あそこの蝋人形館（13年9月閉館）にリッチー・ブラックモアがいるじゃないですか。

星野　ははは！　ぜひ見にいかないといけないですね。

山下　あの蝋人形館の館長はローリング・ストーンズが嫌いだったらしいんです。それでジェスロ・タルとかフランク・ザッパとか変わったものはあるのにストーンズがないって。その中にリッチー・ブラックモアもいるんですよ。たぶん古くなったから埃かぶって奥に入れられてると思いますけどね。小樽にいた頃から、よその家で東京タワーの置き物を見るたびに憧れてたんですけど、いざこっちへ来てみたら行かないんですよね。

星野　近くにあるとなかなか行かないですよね。

山下　そう。でも今見るとやっぱりきれいなんですよ、形が。あ、すいません、また私ばかり話しちゃって。

星野 いえいえ、全然。今、まったく関係ないことを聞こうと思ったんですけど。

山下 何ですか?

星野 普段テレビは観る方ですか?

山下 最近はあまり観てませんけど、『ゲゲゲの女房』(NHK総合)は観てたんですよ。

星野 あ、ありがとうございます(笑)。

山下 それで今、星野さんの役柄を「チョッキの人」って言おうかどうか迷ったんですよね。チョッキと言ったら、そんなの死語だってシーンとなるかと思って。

星野 我が家では普通にチョッキって言いますよ。

山下 ああ、よかった。前に『an・an』でポルノグラフィティの新藤(晴一)さんの連載にイラストを描いていたんです。それで新藤さんと初めてお会いした時、「どんな音楽を聴いてるんですか?」って聞かれて「中学の時はジェスロ・タルとか」って答えたんですよ。そうしたら「ジェスロ・タル?」って新藤さんが固まって、「僕は聴いたことないです」って。その瞬間にね、なんか尊敬のまなざしをふと感じたんです。あ、尊敬されてる気がするぞと思って、調子に乗って「ヒースロー空港で見たチャーリー・ワッツがかっこよかった」という話をしていたら、「ワッツはとっくりを着ていて……」と言った瞬間にその場がシーンとなって。

星野 ははは！

山下 「とっくりって誰も使わない？」と思って以来、慎重になってるんです。

星野 とっくりは絶対に言わないようにしようと？

山下 そうそう。チョッキも絶対に言っちゃいけないぞと思ってたんですよね。

星野 とっくりもチョッキも平気で使いますよ。

山下 そうか、よかったあ。あの妙な間が忘れられなくて（笑）。今日もファッション誌の人が来るからまたヤバいなと。

星野 そうですね、『POPEYE』はファッション誌ですもんね。

山下 昔、『POPEYE』の仕事もしましたよ。その時は田中康夫さんの連載にイラストを描いてたんですけど、途中から原稿がどんどん遅れだしたんですね。何かと思ったら、阪神・淡路大震災の後に被災地をボランティアで回って、避難してる人もお酒落しなきゃ駄目だよとか言って、口紅を渡したりしてたんです。康夫ちゃんらしいなと思って。そこから目覚めて政界へ行ったみたいですけどね。

星野 そうなんですか。

山下 歴史的な瞬間に一緒にお仕事してましたけど。

星野 そういえば、漫画家さんのお仕事の現場って見たことがなくて。
山下 後で仕事場見に来ます？
星野 あ、見たいです。
山下 いいですよ。たぶん今頃みんな原稿を上げてる最中です。私がほぼ全部ペン入れ終わってるので、みんなスクリーントーンをペタペタ貼ってるはず。ほら、うちはアナログなんで（笑）。
星野 いつもその数寄屋の自宅でやられてるんですか？
山下 自宅の2階が仕事場になってるんです。今日の取材も最初はうちでやろうかっていう話だったんですけど、スタッフが緊張するんじゃないかってことで別の場所にしていただいて。
星野 そうだったんですね。
山下 ちょうどスタッフがご飯を作って食べてる最中だから、その時間に重なるとまずいっていう感じになっちゃったんです。
星野 いつもご飯は作ってるんですか？
山下 食事を作ってくれるスタッフがいるんですね。
星野 へえー。何人ぐらいいらっしゃるんですか、アシスタントさんは。

山下　今は『数寄です！』の作業なので3人です。
星野　なるほど、作品によって違うんですね。
山下　『柳沢教授』だと時々4人になりますね。
星野　その都度呼ぶという感じなんですか？
山下　メンツはずっと一緒なんですよ、この30年来。
星野　凄いですね。
山下　オノチンは途中からか。うちのスタッフにミュージシャンの子がいるの知ってますか？　オナニーマシーンの子。
星野　え！　そうなんですか。
山下　はい。オナニーマシーンのギターをやってるオノチンなんですけど、あの人は途中からで15年ぐらい。
星野　それでも長いです。
山下　オノチンはこの間生誕50周年ライブをやったんですよ。でも凄く若く見られて、以前一緒に伊勢を旅行した時もタクシーの運転手さんに「ボク、伊勢は初めて？」とかって聞かれて。40代半ばの頃ですよ（笑）。
星野　へー（笑）。

山下　『キル・ビル』（クエンティン・タランティーノ監督）に出てたＴｈｅ５．６．７．８．'ｓのメンバーもスタッフの一人なんです。たぶん今、料理作ってくれてますけど（笑）。ミュージシャン関係多いんです。

星野　素敵ですね。そもそもどういうお知り合いなんですか。

山下　Ｔｈｅ５．６．７．８．'ｓの人は高校時代からの音楽関係の仲間なんです。高校は一緒じゃないんですけどよく遊びに行ったりとかしていて、ずっと仲良くしてるんですね。それで次第に他のＴｈｅ５．６．７．８．'ｓのメンバーの人も手伝ってくれるようになったりして。なんとなくミュージシャンのバイトの場みたいになっていったんです（笑）。

星野　漫画家さんの仕事場って、漫画家を目指す人がアシスタントをしてるのかと思ってました。

山下　最初は漫画家を育てようっていう考えもあったんですけど、上手くいかなかったんですよね。甘いんでしょうね、私が。アシスタントに怒られたりするし。

星野　何でまた怒られるんですか？

山下　いろいろと人生について説教を（笑）。

星野　ははは！　人生についてですか。でもこうやってお話ししていても、山下さんってかっこいいですよね。ロック的というか、ロックな人は外見から作っていく人が多いですけど、山下さんはそうじゃなくて。

山下 数寄屋に興味を持つ人ってお茶や着物から入る人が多いんですけど、私はそこがなくていきなり建物から入っちゃったんですよね。あとは何とかなるだろうって。入り方が普通の人と逆なんです。ちょっと男っぽいところがあるのかな。建ててから「どうしよう?」って言って、家の中に何もないからみんないたたまれなくなって物を置いていく(笑)。陶芸家の方が水差しとか、作品を置いていってくださるんです。

星野 世間のカテゴライズって大雑把じゃないですか。俺の音楽もCDショップに行くと「オーガニック」というカテゴリーの棚に置いてあったりして。

山下 オーガニックなんですか?

星野 初期の作品はWILCOやTHE BANDみたいな楽器の音がまっすぐ聞こえてくる音づくりに変な歌詞、というところにオルタナティブを感じていたから派手な音づくりはしていないんですね。でも、個人でそう思われるぶんにはかまわないけど、そうやって企業にカテゴライズされると後々めんどうだからやめてくれと思います(笑)。J-POPという大きいくくりで十分です。人間的にもギトギトしているし、オーガニックな音楽なんてないよと思ってるからそのネーミングセンスにびっくりするんですよね。山下さんの作品は線が細くてきれいだし、『数寄です！』は見る人によってはロハスに受け取られる可能性もあるじゃないですか。でもそういう要素があるのに実際には真逆な感じがしますよね。

山下　ロハスじゃなくて貧乏性なんです。

星野　そこがかっこいいと思うんです。

山下　たぶん不器用だからできないと思う。

星野　（笑）。

山下　とりあえず建てるだけ建てて、それで面白いものが描ければいいなって。

星野　山下さんの素晴らしいところは、シンプルな生活を送るためじゃなくて、自分にムチ打つために家を建てたところですよね。

山下　なんとか家はできましたけどね。そうそう、私の場合は漫画しかないのでふっとここまで来ちゃいましたけど、星野さんみたいに音楽も俳優も文筆もやってる人って、この後どっちの方へ行くのかなって。何かイメージはあるんですか？

星野　音楽も芝居も中学で始めて、読むのが好きだったから物書きにもなりたいと思っていて、昔からやりたいことがいっぱいあったんです。そこから絞れなくて。逆に言うとそれしかできなかったんですけどね。それ以外の仕事はたぶん無理だっただろうし。

山下　私もそうです。学校までは想像できたんだけど、その先が想像できなかったですね。大学へ行くのも怖かったんですよ。なぜかと言うと、私が小学生の時、姉が北大に通っていて見に行ったことがあるんですね。そうしたらちょうど学生運動の頃で、北大生が「○○反対！」ってデモ行進をしていたんです。子ども心に大学生になったらこれをやんなきゃいけないのかと怖くなって（笑）。

星野　でも大学は行かれたんですよね？

山下　横浜国立大学に行ったんですけど、まだ学生運動の灯が残る頃で、やっぱり教室の扉をガラッと開けてそういう人たちが来るんですよね。先生が来る前に演説したり、ビラを配ったりして、「まだいたんだな」と。その頃はもうみんなしらけてる時期だったから、あーあって感じでしたよ。

星野　自分は大阪芸術大学の入試に落ちて一人暮らしを始めたんです。それでバイトしながら演劇やったりバンドやったりしてたんですけど、大学に行ってたら絞ってたかもしれないですね。すぐに社会に出ちゃったので、中高とずっとやっていたものをそのまま続けられたんじゃないかって。

山下　ある意味、私も一緒ですね。中高とずっと漫画を描いていて、なんとなくそのまま来ちゃった。同じと言えば同じかもしれません。

星野　でも漫画って本当に凄いです。山下さんの漫画には笑いも感動も哲学も全部入っていて、読むと世界が変わった気がするんです。山下さんの漫画を読んでから街へ出ると街中が面白く見える。現実に還元されるところが凄いなって。

山下　本当にありがとうございます。でもちっとも凄くないですよ。仕事場ではみんなにいつも怒られてますから（笑）。

（2012年5月28日収録）

星野 源

×

武本康弘

たけもと・やすひろ｜アニメーター。1972年兵庫県生まれ。専門学校を卒業後、京都アニメーションに入社。多数の作品で原画などに携わりながら、次第に演出・監督を務めるようになる。'07年、美水かがみの4コマ漫画をもとに女子高生たちの日々を描き出す『らき☆すた』（KBS京都ほか）を第5話から監督。'09年の第2期『涼宮ハルヒの憂鬱』（KBS京都ほか）、'10年に公開された劇場版『涼宮ハルヒの消失』でも監督を務める。高校の古典部に入部した主人公の折木奉太郎が、そこで出会った千反田えるたちと共に数々の事件を推理していく、米澤穂信の小説をアニメ化した『氷菓』（KBS京都ほか）を'12年に監督。そのほか、『フルメタル・パニック？ ふもっふ』（フジテレビ）、『フルメタル・パニック！ The Second Raid』（WOWOW）の監督も務めている。『中二病でも恋がしたい！』（TOKYO MXほか）、『境界の彼方』（TOKYO MXほか）では演出を手掛けた。

星野　今日はわざわざ京都からお越しいただきありがとうございます。今、お忙しいですよね？

武本　そうですね、当社はずっと何かしら作品を作っていて。

星野　すみません、そんな時に。ちょっとした息抜きにしてもらえれば。お菓子もあるので食べてください。

武本　いただきます（笑）。

星野　漫画やアニメは前から好きだったんですけど、アニメーションが本当に好きになったきっかけは『らき☆すた』（KBS京都ほか）なんです。『らき☆すた』を流しながらでないと寝れない時期があって。

武本　それは凄いですね。

星野　心の安らぎだったんです。それで「監督さんは誰だろう？」と思ったら武本さんで。

武本　そうだったんですか。

星野　作品全体に漂うアバンギャルドな感じが大好きだったんですけど、2クール目のエンディングなんてとんでもないじゃないですか。アニメなのに突然そこだけ実写で、本編と関係のないことをやってるっていう（笑）。放送当時「アニメはこんなに新しいことをやってるんだ！」って興奮したんです。

武本　そんなこと言われたの初めてです。「アニメの番組だからアニメでやれよ」っていう声しか僕は聞いたことがないので（笑）。

星野　あまり自分がアニメに関してこだわりがなかったからかもしれないですね。エンターテインメントとして単純に楽しんで刺激をもらっていました。いつかお会いしてみたいなと思ってたんです。

武本　ありがとうございます。

星野　武本さんは昔からアニメーションが好きだったんですか？

武本　実はそうでもなかったんです。高校の頃、進路を漠然と考えないといけない時期になって、まずネクタイを締める仕事は嫌だなと。それで絵を描くことが凄く好きだったので、「絵を描いて飯が食える仕事はないかな？」って、まあ最初はベタに漫画家を考えたんですね。ところが同人誌をやってる友だちに聞いたところ、すさまじい実態がわかって。漫画家の卵が２００人いるとしたら、デビューできるのは一人、二人だって言うんです。さらに5年、10年続けられる人は5％いるかどうかだと聞いて、「あ、やめよう」って。

星野　早い。

武本　すぐあきらめました。無理だと。じゃあイラストレーターはどうだろうと思って、また同じ同人誌の友だちに聞いたら、大半はそれだけじゃ食べていけない人たちだって言うんです。それでイラストレーターも無理かって（笑）。そう思った時、アニメーションの最後を観ていたら、たくさんの人の名前が、しかも毎週違う人の名前が並んでることに気付いたんです。「これだけたくさんの人が関わってるなら、俺一人くらい潜り込めないかな？」と思ったのが最初の動機です。不純な動機なんですけど。

星野　いやいや、とっても真っ当だと思います。その友だちはいい方ですね。それでアニメの専門学校に通うことにしたんですね。

武本　はい。ただ、うちの会社に限って言えば、学歴とか何を学んだかとか、そういうことは入る時にまったく関係なかったですね。

星野　そうなんですか。卒業した後、現在所属されている京都アニメーションに入ろうと思ったきっかけは何だったんですか？

武本　関西だったし、当時は関東の方がかなり生活費も高かったので、じゃあ京都アニメーションはどうかなって。それで行ってみたんです。

星野　会社の効率を重視したっていうのは「省エネ主義」ですよね、『氷菓』（KBS京都ほか）の主人公みたいに。

武本　あ、わりとそうだったかもしれません。「これ、無駄じゃないか？」って考えちゃう方ですね。

星野 とっても面白いです。思ってたよりお若い気がするんですけど、今おいくつでしたっけ？

武本 42歳です。以前、「男は四十を超えたら自分の顔に責任を持たなきゃいけない」というような話を聞いたことがあって、要するに自分の刻んできた年輪が身なりに出ないといけないということなんですけど、「俺、出てないな」って（笑）。ちゃんと年相応に落ち着きたいんですよね。

星野 そんなことないですよ（笑）。年輪がちゃんと刻まれていて。

武本 そうですか？（笑）。一方で、僕たちが作る作品って10代後半辺りから観るようになりますよね。自分の感覚が古くなると、その年代の人たちが楽しめない作品になるんじゃないかと思って、なるべく若くありたいというふうには考えています。

星野 学生に取材したりはするんですか？

武本 学校が舞台になる時は、学校へ取材に行きます。原作のある仕事が多いので、原作の世界の中の彼らがいったい何を考えて、何が好きで、何が嫌いでみたいなことをまず考えるんですね。そのために舞台になる場所へ行って、作品の世界をそのままドバッと受け入れるというか。そういうスタンスでやりたいなと思ってるんです。

星野 『らき☆すた』の2クール目の実写エンディングってもともと決まってたんですか？

武本 実は最初からプランとしてあったんです。「実写で出演はこの人」、それから「ロケ地は北海道」って。でもそれ以外は何も決まってなかったんですね。

星野 あ、ロケ地は決まってたんですか？

武本 そこから「さあ、どうする？」という感じだったんですけど、それまで絵しか描いたことがなかったので、のた打ち回りながら作りました。

星野 それはのた打ち回りますね（笑）。

武本 そうです。しかも1分半の映像を十数本作らなきゃいけないのに、ロケが2日半しかなくて。

星野 えー！ 何回か北海道へ行ってたんじゃないんですか？

武本 違うんです。準備もほとんどないまま、ロケバスで移動中に外を眺めて「あ、この岬いいんじゃない？」ってところで車を止めて、即興で撮影したりしましたね。

星野 へえー、凄い。2日半で撮ったのが信じられないくらいバリエーションが豊かですよね。

武本 一応なんとでもなるように、コスチュームだけはいろいろ用意して積んでたんです。

その中から「これ使えるな」って。

星野　いや、ほんと凄いです。自分の場合、「ひでー」とか「くだらねー」っていうのは褒め言葉だと思って使ってるんですけど。いい意味で本当にひどかったです（笑）。

武本　ありがとうございます。たぶんシュールになるんだろうなと思いながら撮ってたんですね。

星野　作品自体は「女子高生たちのゆるい日常」って紹介されることが多いと思うんですけど、人間関係の面倒臭い部分や人間の悪い部分もちゃんと笑いにしてますよね。よく見ると「萌え」オンリーではなく、観ている側の気持ちをざわざわさせるいいノイズが入っていて、極め付けがあのエンディングっていう。

武本　完全にノイズです（笑）。

星野　実写映画やドラマの場合、肩書きにおける監督と演出って同じ意味なんですけど、アニメだと監督と演出の人が別じゃないですか？　それは何か違いがあるんですか？

武本　凄く簡単に言いますと、監督は英語で言えばチーフディレクター、演出はディレクターですね。まあどちらもディレクターなんですけど、作品の大きな方向付けをするのが監督で、その方向に基づいて細かいいろんなことを取りまとめて、1本に仕上げていくのが演出なんです。

星野 なるほど、なるほど。

武本 僕たちのアニメーションはすべて一枚一枚手描きで作っているので、たいへんな時間と手間が掛かってしまうんですね。その分、チェックする項目も膨大になるので、一人の人間ではとてもじゃないけど見ることができなくて。いわゆる実写の監督と現場の間に、中間的な部署がいるのかなと思います。

星野 実際、もの凄い作業量をチェックしないといけないですもんね。武本さんは原作のある作品を手掛けることが多いですけど、作品を選ぶ基準ってあるんですか？

武本 僕は基本、お話をいただいたものは何でも「ごっつぁん！」って感じでやりますね。ただ、やっとこの年になって自分の好きなものがわかったというか、『氷菓』という作品をやりながらわかったのは、どうやら自分は人間の根っこが暗いらしいんだなって。人の感情のあまりきれいでない部分や裏側が出ちゃうような話が好きなんです。

星野 ああ、わかります。

武本 『氷菓』は米澤穂信さんのミステリー小説が原作ですけど、高校生ならではの青さとか痛さとか、世界の狭さみたいなものが描かれてるんですよ。そこはアニメでもしっかり描きたいなと。

星野 『氷菓』を観ていて、武本さんが監督や演出をしている回が好きなのは、その人間の歪みみたいなものが必ず入ってるからなんです。第11話の映画の回は特にそういう部分が出てますよね。『涼宮ハルヒの憂鬱』（KBS京都ほか）の2期でも武本さんが演出してる回はダントツで悩ましいというか、ズシッときた気がするんです。『らき☆すた』のOVAもそうだし、武本さんの作品にはダークな何かを感じるんですね。

武本　そうですね、えげつなすぎると食傷気味になっちゃって嫌なんですけど、まあ少し暗くというんですかね。ただ、人のずるいところや後ろ暗いようなところを見ると、腹が立つと同時に安心もするんです。「同じ人間なんだ、この人も」って。そういうところはありますね。

星野　確かに『氷菓』の11話は、観てる自分が微妙に腹を立ててるのがわかりました。それを作り手がちゃんと意識してるんだろうなって。「それも含めて人間だろう?」って言われてるような気がして、それが凄く好きだったんです。で、ハラハラしたりホッとしたり、やっぱり「える（ヒロイン）がかわいい!」と思ったりして（笑）。

武本　ははは。

星野　かわいすぎると思って、部屋で「かわいい!」って絶叫したんです。俺もエグすぎるのは苦手なんですね。実写でも観ていてしんどくなることがあるんですけど、武本さんの作品には心のいろんなところを突かれます。

武本　そう言っていただけると凄くうれしいですね。たぶん星野さんも同じような欲求を持ってらっしゃるんじゃないかと思うんですけど、何かを表現したり伝えたりする時、人の気持ちのどこでもいいから突きたい、動かしたいんです。それは楽しさでもいいしうれしさでもいいし、変な話、怒りでも構わないと僕は思ってるんですね。

星野　怒りも感動の一部ですもんね。それに怒りを伝えるだけじゃなく、怒りを飲み込んで人を許す優しさもある。その塩梅が絶妙だと思います。

武本　原作のそういうところに凄く惹かれたというのもあります。言いたいけど言えなかったり、たった一言でいろいろ傷付く人が出てしまったり、そういうモヤモヤした苦さって言うんですかね。物事をはっきり伝えるのは大事なことだけど、思いが強いがゆえに言えないことがあっても構わないんじゃないかって。そういうことをちょっと思いながら『氷菓』を作ったんです。

星野　そうやって作品を見つめる目線に、やっぱりきれいごとじゃない優しさがあるんですね。人間関係の歪みやノイズも含めて、押しつけがましくない感じで入っていて。でも最終的にそういうものをなんとか肯定しようとしてるところが凄く好きです。

武本　そうですね、後ろ向きなものも含めて、それが人間だっていう気はしますよね。考えてみれば、そういう青春ものってあまりなかったですから。

星野　人間性を描こうとするアニメーション自体、そんなに多くないですよね。アニメーションは魔法みたいなものだと思うんですけど、魔法で魔法を表現するんじゃなく、魔法で人間を表現するって素敵ですね。

武本　登場人物全員を愛したいんですよ、嫌なところも含めて。ひょっとしたら、そういうところが星野さんにぴんと来てもらってるところかもしれないですけど。

星野　そうなんです、愛があるんです！　愛！　でも男二人で愛を連呼してるってのもどうなんでしょう（笑）。

武本　愛は大事です（笑）。

星野　はい（笑）。何かこう武本さんがキャラクターを見守ってる感じがするんですね。

武本　ああ、そうありたいと常に思います。キャラクターに対して、こいつをこう動かそうとか、こうしてやろうとか思うと上手くいかないことがあるんです。じっと見てるうちにいろいろ見えてくるものがあって、「あ、こいつにはこういうところがあるんだな」って。

星野　そうやって見てるとキャラクターは自分で動きだすものですか？

武本　動いてくれるキャラクターは凄くありがたいです。なかなか見えないものは本当に苦労しますけど。そういう時は自分の人生経験がまだ足りないのかなって思います。

星野 そういうふうに思うんですね。なるほど。ちょっと軽い話もうかがいたいんですけど、好きなテレビ番組ってありますか？　そもそもテレビを観る時間ってあるんですか？

武本 最近は全然テレビを観れないんですよね。わりと前は緩いバラエティー番組が好きで観てましたけど。

星野 僕も緩いバラエティーは大好きです。『内村さまぁ～ず』（TOKYO MX）とか『タモリ倶楽部』（テレビ朝日）とか。でも聞いた話なんですけど、『タモリ倶楽部』は実は凄く綿密に調べてるらしくて、作家さんがいろいろ苦労されてるみたいなんです。『タモリ倶楽部』って最初、道端から始まるじゃないですか？

武本 そうですよね。

星野 その現場にあらかじめスタッフと他の出演者がスタンバイしていて、打ち合わせも何もなく、タモリさんが車で到着してカメラの前へ来て、マイクを持ったその瞬間に撮影が始まるらしいんです。

武本 ほお、凄いですね（笑）。

星野 かっこいいなと思って。たぶんタモリさんがストレスなく楽しくやれる場をみんなでがんばって作ってるんですよね。なんにもしてないように見えますけど。

武本　うらやましいです。アニメって凄くがんばらないと面白くならないのに。あの面白さを勉強したいんですよね。

星野　夕方や深夜にやってるアニメはあくまで娯楽じゃないですか。娯楽なのにもの凄くラジカルなことをやったりしていて。アニソンも同じで、いろんな要素を貪欲に取り入れながら実験的な試みにも挑んでいて、アニソンって世界の音楽の縮図だと思うんです。今はアニソンがちゃんとチャートに入ってるけど、前は音楽シーンから無視されていたので、「みんな、早く気付いて！」って思ってたんですね。自分ももの凄く影響を受けたし、過激なものだったんです、俺にとってアニメは。

武本　ああ、なるほど。

星野　過激と言っても激しいとかそういうことではなく、静かな表現の中にも過激さがあったりして。その中に努力の積み重ねがあるところが本当に素敵で、かっこいいなと思ってるんです。ただ、アニメは偶然というものがなかなか生まれないじゃないですか。実写だと偶然いい画が撮れることもあるけど、アニメはきっちり全部計画していかないといけないですよね。

武本　そうなんです。全部意識しないと入ってこないんですよね。無意識はあり得ないし、無意識も作為的に演出しないといけないですから。そこが実写と大きく違うところです。だからこそ舞台となる場所に足を運んで、ロケハンするのが重要だったりするんですよ。例えば学園ものを作るにしても、今の学校生活を表現する時、今の学生さんの生活の跡を見ないとわからない。実際にカメラを向けると、「あ、こんなものがあるんだ」とあらためて気付かされるんです。発見があるんですね。40歳過ぎた僕が想像だけで作っても、二十数年前のさびついた記憶になっちゃうので。

星野 ノスタルジーみたいなものになっちゃうかもしれませんね。

武本 ノスタルジーはなるべく作らないようにしたいんです。それだと年齢の高い人しか楽しめない作品になっちゃいますよね。でも最近、学園ものを作りたい理由は他にあるような気がしていて、ひょっとしてこれは復讐なんじゃないかと。

星野 復讐ですか！（笑）。

武本 自分の暗い青春時代に対する復讐として、今僕は学園ものを作ってるんじゃないかって。あの頃できなかったあれこれを、今頃アニメで果たしてるのかもなって最近思うことがあります。

星野 それは凄く面白いですね。お芝居をやっていても、そういう感覚はあるんです。高校生役を演じた時に、あの頃のやり直しみたいな気持ちになります。自分はもの凄く暗かったので、学校生活をあまり楽しんでなかったんですよ。それに中高と私服だったから制服コンプレックスもあって。だから学園ものの アニメとかを観ると「いいなあ、青春って」と思っちゃうんです。でもキラキラされすぎると、その苦しみで押し潰されちゃって、心が。

武本 ああ、凄くわかります。

星野 日光が当たると焼かれちゃうドラキュラみたいな感じで。

武本 うらやましいんだけど、その中に自分のいる場所がない感じがするんですよね。

星野 そうそう（笑）。キラキラしたものも大好きなんですけどね。でも『けいおん！』（TBS）は自分にはまぶしすぎて。

武本 そういうことです（笑）。

星野 武本さんのアニメもの凄くキラキラしてるんですけど、キラキラした世界の裏側から、武本さんがちょっとだけ救いの手を差し伸べてくれてるのが見えるんです。「源ちゃん、こっちおいでよ」って（笑）。

武本 ははは。

星野 学校生活が暗かった自分でも介入できる道を残してくれていて。それがさっき言った人間の駄目な部分だったり、人間味っていうことだったりすると思うんです。

武本 そうかもしれないですね。確かに僕が大事にしているバランスはそこかもしれないです。

星野 武本さんは好きな音楽とかあるんですか？

武本 音楽と言うと、だんだん若い頃に聴いてた音楽ばかりになってきちゃってるんですけど、最近は好きだったゲームの曲をアレンジしたものをわりと聴いていて。その中でびっくりしたのが、面白いアレンジの曲があって、なんか気になるなと思ってたら、星野さんのSAKEROCKの曲だったんです。

星野 あ、『妖怪道中記』をアレンジした曲ですよね。それ自分の編曲です。

武本 そうなんですよね。凄く好きです。

星野 うれしいです。TVゲームの『妖怪道中記』が好きで、曲もいい曲だなと思ってたんですね。一方で坂本龍一さんの「千のナイフ」という曲も好きで、ある時、その2曲が似てることに気付いたんです。それでマッシュアップしようと思って、「千のナイフと妖怪道中記」というタイトルでSAKEROCKで演奏したんですね。そうですか、聴いていただいてたんですね。

武本 星野さんのソロの歌も聴かせていただいたんですけど、星野さんも「こんなところもあるんじゃないの？」っていう人間のきれいごとじゃないところを歌われてるような気がしますよね。むしろそこを突き抜けてフェチな感じがあるかもわからないですけど（笑）。

星野　フェチかも（笑）。どうしても、歌って励ましたくなるじゃないですか。がんばれとか大丈夫だよとか。でも例えば何か一つ励ますんだったら、その裏付けというか、暗い部分や駄目な部分も曲の中に入れないと、と思って。「大変だけど、でも進んでいこう」みたいにしたいんですよね。だから武本さんの言う通り、フェチかもしれないです、暗い部分フェチ（笑）。

武本　飛躍しすぎましたかね（笑）。僕もそういう曲は凄く好きです。

星野　ありがとうございます。でもパッカーンと明るい曲も好きなんですけどね。もっとお話ししたいんですけど、最後にちょっとおうかがいしていいですか？　実は『聖☆おにいさん』というアニメーション映画でブッダの声をやらせていただくことになりまして。

武本　それって主役ですよね（笑）。

星野　そうなんです。武本さんともお仕事されてた高雄（統子）さんが監督で。でもアニメがもともと好きだから、声優じゃない役者が声を当てることのハードルの高さを凄く感じてるんです。やっぱり声優さんって、声優さんにしか出せない声の情報量があるというか、命を吹き込む作業をされてると思うんですね。それは普通の俳優にはなかなかできないことだなって。今、四苦八苦してるんですけど、何か助言をいただけますか？

武本 そうですねえ。

星野 どうしたらいいですか？

武本 まあ、出身が役者だからっていうところは取っ払っていいいんじゃないですかね。僕はチャンスがあればどんどんやっていく方がいいと思ってるので、「俺は違う世界の人間だから」みたいなことは思わずに、素になって飛び込んでみるのが一番いいような気がします。

星野 なるほど！ ありがとうございます。今はもうやれることがうれしくてしょうがないんですよ。この間、別の収録スタジオを見学させてもらったんですけど、それが『ドラゴンボール』（フジテレビ）の現場だったんです。

武本 凄いところに行かれましたね。

星野 ほんと凄いところに来てしまったなと思って。野沢（雅子）さんに挨拶させていただいたり、夢のような時間を過ごしたんですけど、収録中もずっと冗談をワーッと言い合ってるんですよね。で、自分の所ではバッチリ決めるという。「かっこいい！」と思って、その場にいるだけでうれしくなっちゃったんです。だからもっと上手くなりたいなと。もっとがんばります。

武本　じゃあ僕ももっとアニメをがんばります（笑）。

（2012年12月15日収録）

星野源

×

みうらじゅん

みうら・じゅん｜イラストレーター・漫画家・作家・ミュージシャンほか。1958年京都府生まれ。'80年、武蔵野美術大学在学中に『ガロ』で漫画家デビュー。『ビックリハウス』『宝島』を始め多数の雑誌でコラムやイラストの連載を行い、自伝的コミック『アイデン&ティティ』、小説『色即ぜねれいしょん』などを発表する。また、『いかすバンド天国』（TBS）に出演したバンド「大島渚」や、いとうせいこう、安齋肇と結成した女装バンド「バギナーズ」で音楽活動を行うなど多方面で活躍。'97年には「マイブーム」で新語・流行語大賞を受賞し、「クソゲー」「バカ映画」「ゆるキャラ」「いやげもの」「カスハガ」「とんまつり」などの造語を次々に生み出した。2004年度日本映画批評家大賞功労賞を受賞。'94年から独断で選考・贈呈する「みうらじゅん賞」を主催している。著書に『青春ノイローゼ』『アウトドア般若心経』『十五歳』など多数。

（みうらじゅん事務所で高級ラブドールの絵梨花ちゃんを披露されて）

星野　わー、凄いですね。

みうら　今日はこの子を交えて対談しましょうよ？

星野　絵梨花ちゃんとですか！（笑）。

みうら　星野さんも買いなよ。リリー（・フランキー）さんとドールの会を始める予定だから。

星野　俺も入っていいんですか？

みうら　もちろん。みんなで旅行に行かない？　旅館で撮影会とかしましょうよ。

星野　ははは！　いいですね。

みうら　4Pも可能ですから、これなら。

星野　4Pだけど実質2Pっていう（笑）。いつお買いになったんですか？

みうら　先月買って、到着まで1か月くらい掛かったんです。彼女、30キロくらいあるんだけど、協力する気がないから運ぶの重いんだ。子泣きじじいの状態で。リリーさんは騎乗位がしたかったんだけど、危なくて乗せられないって（笑）。そこだけは欠陥ですよね。

星野　騎乗位は協力がないとできないんですね。

みうら　誰かに持ってもらわないと。それって結局、3Pですよね。バックはできるんですけど。

星野　座位もできそうですね。

みうら　座位はもちろんできます。全然できます。ポージングさせてるだけで勃つから（笑）。それだけでもいいかみたいな。里帰りというシステムもあって、僕がぽっくり逝ったら、段ボールに梱包して送るとオリエント工業が供養してくれるんだって。前の型のラブドールは最終的に切断するしかなかったんだ。で、捨てる人がいたんだけど、富士山の樹海に捨てるんだって。アルピニストの野口健さんがよく落ちてるって言ってました。すげえ怖いんだって。死体も怖いけどラブドールもね。

星野　普通のゴミでは出せないですもんね。

みうら　粗大ゴミだしね。切断はきついんじゃないかと思うんだ。今度飲み屋に連れていって、お通しが付くのかどうか調べようと思って（笑）。新幹線のグリーン車に乗せた時、男のエステのおしぼり出してもらえるかどうかも調べてみたいよね。

星野　ちゃんと絵梨花ちゃん分も切符買ってますからね。おしぼりはもらいたいですね。

みうら　よくほら、旅先にあらかじめゴルフバッグを送っとくサービスがあるっていうじゃないですか？　たぶんこの子も先に旅館に送っておけば、後で着いた時、気の利く女将さんに「もうお連れさんはお着きですよ」って言ってもらえると思うんだ。

星野　先にもう浴衣着ちゃってるんですよね。

みうら　絵梨花さんは浴衣も似合いますから。1ドール＝70万円ですから、何たって。レートが。それだけ出したらがんばろうって思いますよ。鬱病にもなれませんよ。もう陽気に生きていかないとしょうがないわけだから。そのためにもいいかもしれないですよね。

星野　でも、人前でラブドールの話をしたりするのって普通はちょっと恥ずかしいじゃないですか。

みうら　当然後ろめたいですよ。後ろメタファーが出てますから。

星野　ははは！　でも堂々と買って、ドールの会を作ることによって後ろメタファーをなくしていくっていう。そういうことを昔からずっと続けられてますよね。前に雑誌で読みましたけど、その腕時計もずっとしてるんですね。

みうら　ええ、金のロレックス。一時、ゴールド・ブームだったんですよね。さくらやのウォッチ館に行ったらガラスケースに入ってて、２３０万円って書いてあったんです。

星野　うわー！

みうら　で、「ちょっと見せてください」って言ったら、「お買いになる人しか見せられません」って軽くなめられたんで、腹立ってカードを出したら「お客様のカードは30万までしか引き落とせません」って。

星野　ははは！

みうら　それですぐに銀行へ行って、下ろした現金をズボンのお腹のところに隠して戻ったんですがね、フロアの店員が全員集まって来て、明かりに透かしてお金を数えはじめて。偽札じゃないかって疑ってるんだよね（笑）。ムキになって買ったんだけど、本当はそんなに欲しくなかったんだ。

星野　ははは！　以前、怖い人になりたいって言ってましたよね。

みうら　怖い人になろうってブームもありましたね。

星野　それで買ったんですか？

みうら　単にそれだけです。黒人のブルースシンガーってよくゴールドの腕時計をしてるじゃないですか。成り上がった証しなんだろうけど、ぼろぼろのギターに金の時計が妙にかっこよくて。重いってところもいいんですね。重くてかさばるものがかっこいいなと思って、一時期いらない木彫りも集めたけど、事務所のそこに飾ってるのは1体3万5000円もした「奈良彫りビーナス」。買うしかないじゃないですか。

星野　買わないっていう選択肢はないですよね。そういう時は自分で持って帰るんですか？

みうら　絵梨花ちゃんはさすがに配達してもらったけど、リリーさんは車椅子買って迎えに行きましたよ。

星野　映画のワンシーンみたいですね。

みうら　『ラースと、その彼女』（クレイグ・ギレスピー監督）っていうダッチワイフに恋する男の映画もあったもんね。でも日本のは質が高いですよ。いずれ海洋堂なんかと組めばもっと凄くなると思いますね。

星野　そう考えると女の子じゃなくてもいいんですね。

みうら　男でもいいんですよ。

星野　怪獣でもいいし。

みうら　結局、究極の等身大フィギュアが欲しかっただけで。

星野　みうらさんの凄いところは、エロに対するバイタリティーが衰えないところですよね。

みうら　頻繁にエロを摂取できない時代に育ったもので、エロに関して凄く後ろめたさを感じるんです。親のテリトリーじゃない遠い街までエロ本買いに行ったりしてたけど、やっぱり後ろめたいじゃないですか。でも後ろめたさや罪悪感がないと勃たないってこともありますよね。だから後ろめたいと感じたものにどんどん向かっていくんです。ランジェリーショップへ買い物に行ったりして。

星野 行ったんですか？

みうら うん、穿くわけでもないのに行って凄くドキドキした。

星野 自分はエロ本を空き地へ探しに行ったぎりぎりの世代で。

みうら ああ、トレジャーハンターでしょう？

星野 トレジャーハンター！（笑）。

みうら 空き地か神社の裏に必ずね。星野さんの時代もまだありましたか？

星野 はい。俺、劇画的なものが苦手で、どっちかというとアニメ的なものが好きでしたけど、これだというものがあれば家に持ち帰ってドライヤーで乾かしてたんです。何でなんですか、だいたい濡れてるのは。

みうら 雨が降った翌日のエロ本は10倍くらいに膨らんでるからね。

星野 乾いてるのが落ちてると思ったら、今度はカピカピで。

みうら 雲母みたいな状態でしょう？　昔はエロ映画のポスターが大衆浴場の前に貼ってあって、何枚も重ねて貼るうちに雲母みたいになってるんですよ。夜中こっそり行って剥がそうとするんだけど、上手くいかなくてね。

星野 今もエロスクラップは続けてるんですか？
みうら うん、昨日で325巻目に入りました。
星野 凄い！
みうら もう、これだけは趣味じゃなくクセだね。それで抜いたりはしないけど淡々とやるんです。
星野 抜かないならその作業は何なんですか？
みうら 脳内天国で爆発っていうのが究極だから、それをやってるんですよ。
星野 なるほど。自分のやり方で。
みうら 自分でもちょっとかっこいいと思うんですけどね。グラドルの写真集ってハードカバーが多いでしょ、それを買って家に帰った瞬間、表紙から中身を力強くはぎ取って、いらないところはバーンと捨てますから。男らしいでしょう、とても。よく神田のエロ本屋に行くと、白髪のスーツ着たおやじが仕事の合間に立ち読みしてるんです。その人たちは買わなくて焼き付けてんだ、たぶん。で、必死で脳裏に焼き付けてるおやじたちの後ろを通って、サッとレジに行ってドサッとエロ本を差し出す時、俺はそんなケチなことしないんだぜって。
星野 確かにかっこいいですね。俺もエロDVDは絶対買う派で。

みうら　やっぱ買う派ですよね、ええ。

星野　会計の時も映画のＤＶＤを上に載せてごまかしたりしないようにしてます。一番上に載せて、ちゃんとレジの小窓から顔を出して、これくださいって。

みうら　そういうことをやって、自分というものを取り払っていくんだもんね。

星野　そうです。そこでこそすると失礼だなって。最近はネットですぐ目撃情報が出回っちゃいますけどね。みうらさんはネットって？

みうら　紙専門です。いわゆるカミセン。自分が生きてる間にこれほど活字媒体がなくなるなんて思ってなかったけどね。今はネット上の写真をプリントして貼ることもあります。

星野　へえー。見え方違いますよね。

みうら　のりで貼るから最終的にはベコベコして、外に落ちてたエロ本感覚を取り戻せるんです。

星野　ああ、なるほど。

みうら　ガサガサガサって音がするんです。あれがいいんですよね。

星野　自分もカミセン世代で、昔はよく演劇の台本をコピー用紙でバラで渡される時があって、それをのりで貼って本にするのが流行ったんです。それがまさにガサガサする感じで気持ちよかったんです。

みうら それですね、カミセンは。

星野 一つ自分が加わった気もして。

みうら そこ重要ですよね。俺は小学校1年の時、怪獣のスクラップを始めたのが最初だけど、今考えれば切らずにそのまま雑誌ごと取っておいた方が値打ちはあるんだ。貼ることによって、お宝鑑定団的な価値はゼロになっちゃうんだよね。でも一回自分のフィルターを通すことで、自分の気持ちでは100億円になる。

星野 『情熱大陸』なら今、「100億円になる」ってテロップが出てますね。

みうら コレ、エロ本の話なんだけどね（笑）。

星野 音楽でも何でも自分のフィルターを通すことが大事だと思うんです。一回食べて、うんちにして出すのが大事だなって。

みうら そうそう。ある時、オリジナリティーなんてこの世にないことに気付いたんだよね。若い頃は親から逃げようと思って遠い旅に出たりするけど、気付いたら実家に戻ってる。おかんの受け売りだったり、言うこともおやじにそっくりになってくるんだよね。そう考えるとオリジナリティーなんてそもそもなくて、自分がやってるのはただの編集なんだなって。

星野　単行本とは別にご自身が編集した雑誌形式の本をいくつも出してますよね。ボブ・ディランの本とか。エロスクラップを本にしたことはあるんですか？

みうら　それはさすがにないですね。お宝写真がブームだった頃は、複写すれば過去の写真も使えたけど、最近は権利関係がうるさくなっちゃって。だから、いつかエロスクラップをいったん北朝鮮に送って、そこで印刷してから逆輸入しようと思ってるんだ。

星野　一回婿に出すんですか！（笑）。

みうら　万景峰号で凱旋帰国させるのがいいんじゃないかと思って。

星野　でも「みうらじゅん」って名前は入ってるんですよね。

みうら　入ってると思います。でもあっちで出してるんだからしょうがないですよね。

星野　それを誰かが注文して輸入したことにして。

みうら　そうですね。今のところそれしか方法がなくて。スクラップが100冊になった時はラフォーレミュージアムで展覧会をやったんですけど、見開きページをカラーコピーして貼ろうとしたら貼り切れなかったんです。凄いページ数で。今はもう300冊超えちゃったから、東京都現代美術館くらいじゃないと無理だと思うんですね。

星野　それこそ外国で一回開催してから帰国させた方がよさそうですよね。

みうら　そこなんですよ、今悩んでるのは。外国の人が認めればオッケーかもしれないですしね。一点一点はただのエロでも大量に見せればアートとしてごまかせるかなと。でもアートって抜けないもんね。そこがアートの最大の欠点なんじゃないの？

星野　ラブドールは娯楽ですか？

みうら　何なんですかね。性器のアタッチメントは別売りだから。性器が付いてると日本では売れないんですよ。ディルドも日本製のものは売ってないじゃないですか。外国製のものを輸入してるだけで。

星野　そうなんですか。

みうら　昔はターバン巻いたアラビア人みたいな張形だったもの。あれも土産物っていう扱いで売ってたんですよ。だから大人のオモチャなんだよね。

星野　それで「これはジョーク商品です」って書いてあるんですね。

みうら　本気じゃありませんってことで。だからラブドールは脱法ドラッグならぬ脱法ドール。

星野　脱法ドール（笑）。あの、前に写真集出されてたじゃないですか？

みうら　あ、よくご存知で。ありがとう。『アイノカテゴリー』ってタイトルのね。

星野　凄く好きです。

みうら　あれ、基本盗み撮りですからね（笑）。
星野　そうなんですけど（笑）、アートの臭いがするっていうか、あれに『アイノカテゴリー』ってタイトルを付けて出すところがいいですね。
みうら　やっぱ写真集サイズで出さないと単なるスナップ写真になっちゃいますから。それも大きく2ページぶちぬきとかでやっとくと、アートと勘違いしてくれる人がいるんだよね。コクヨのアルバムに貼ってたら単なる記念写真だから（笑）。
星野　ははは、なるほど。
みうら　だから器ですよ。エントランスがそう見えてたら、みんなそう思うんだよね。昔からずっとエントランス主義なので（笑）。
星野　素晴らしいですね。まったく関係ない話なんですけど、催眠ってやられたことあります？
みうら　催眠術？　いえ、ないです。
星野　今、巷で女の子の催眠の音声が売られてるんですよ。
みうら　へえー。
星野　エロゲーやエロアニメの声優さんが催眠術師のやり方で声を当てていて、聞くだけでイッちゃうっていう音声が最近流行ってるんです。それでこれはよさそうと思って俺もやってみたんですね。でもイケなくて。
みうら イケませんでしたか。なぜ?
星野 それがちょっとわからないんですけど、修行がいるみたいなんです。
みうら CDですか?
星野 CDでも売ってるんですけどダウンロードできて。悔しいんですよね。さっき出たSMの話みたいに、抜かなくてもいい境地へ行ってみたいんですけど。
みうら 抜かなくてもいい境地、いい言葉ですね。文化系のやり口って基本、覗き見でしょう? 文化系と書いて「のぞきみ」ってルビを振るジャンルの人たちだから。さらに気持ち悪いのは、それを絵に描く美術系の人たち。
星野 ははははは!
みうら 俺は美術系だったけど、そもそもセックスって体育会系の得意なジャンルだもんね。あれ、オリンピックとか出る人たちのものでしょう? 俺はなかなかガーッと行けないんです。風俗なんかも駄目で、金払った分やらないと損だっていう思想が全然受け付けない。結局連れていってもらっても萎えちゃって、女の人に悪いから必死で犬の話を聞き出すんです。「かわいいでしょうね」とかがんばって言って(笑)。俺たちは一度自分のエロ・フィルターを通さないと感じないんじゃないですか。

星野　ああ、なるほど（笑）。

みうら　そこが文化系や美術系の大きな課題ですよ。一応平等になって文化系や美術系も女の人とできる世の中になったけど、昔はできてないでしょう？　宮沢賢治はやってませんしね。

星野　ははは！　前に歴史くらいは勉強しとこうかなと思って、原始時代から日本が栄えていくまでを書いた本を読んだんです。そうしたら縄文土器が流行りだして、それまで狩りの得意なやつや屈強で女を守れるやつがモテてたのに、いい土器を作れるやつがモテるようになってきたって。そこから文明が栄えていったって書いてあったんですよ。

みうら　なるほど、土器からか。

星野　そうなんです。生きるために必要のないものを作って生きていくやつがその頃から出てきたと。それが人間の最初なんだってその本には書いてあったんです。じゃあ俺も存在していいじゃん！って。

みうら　励みになる話ですね。土器に縄目を付けていったのも、後の団鬼六先生につながっていくんですよね。

星野　ははははは！　そこもつながりがありますからね。

みうら デザインってなくていいもんだもんね。

星野 でもいらないものを作るのが人間ですよね。

みうら それが智恵ってやつでしょ。マンモス狩りに行かされても一頭も倒せない奴らのね。

星野 ですよね。そのくせメシだけは食って。

みうら 文化系だってメシ食わないわけにはいかないもんね。

星野 ちなみにみうらさんはいろいろなことをやられてますけど、肩書きは何になるんですか？

みうら 出来る限り来た依頼は断らずに、引き受けてたらこういうことになった業なんですけど、一度ボブ・ディランに会った時に通訳の人が説明してくれたんですよ。この人はイラストレーターで音楽もやっていて、小説も書いてとか。そうしたらボブ・ディランがずっと聞いていて、最後にかっこいいことを言ったんだ。「定職はないのか？」って（笑）。すみません、ありませんって言って別れたけど、確かに定職はないんです。いわゆる自由業ってやつですよ。そもそも自由業って何なんでしょうね。この間、山王病院で検査しなくちゃならなくて、職業欄に何て書けばいいかわからなかったから「ミュージシャン」って書いたんです。そうしたら「あ、ここ自由業でいいです」って。

星野　ははははは！　恥ずかしいですね。

みうら　もう、それ以来行ってませんから（笑）。でも肩書きって、自由業では通らないでしょう。「ミュージシャン、役者など、マルチに活躍」とか。それにしても「自由」にも「業《カルマ》」が付いてるって凄いじゃないですか。凄い職業に就いてるわけですよ。

星野　そうですね。

みうら　でも自由業の人の悩みって周りからするとどうでもいいことでしょ。「辞めてえな」って言うと、たいがい「辞めれば」って即答されてきましたから（笑）。もうちょっと引き留めてほしいよね。

星野　わがまま（笑）。自分もどれか一つに絞りなさいってずっとバカにされてきたんですけど、全部ひっくるめて自由業にしちゃったら楽だなあ。

みうら　楽が一番ですよ。「漫画家」って名乗って、親戚の子どもに「ドラえもん描いて」ってせがまれた時、描いたら「ヘタ！」って言われたらそれは漫画家じゃないですから。それはもう本業じゃないですよ。納得させてないんだもん。職業をいっぱい並べるのも自慢してるみたいで恥ずかしいでしょう？

星野　自分けっこう並びがちなんです。

みうら　ありますよね。ちょっと恥ずかしいでしょ？

星野 実際多いから難しいですよね。でもいっぱい書くのはやっぱり恥ずかしいです。
みうら 「自分の名前が職業です」っていうのもかっこ悪いでしょう?
星野 そうなんです。勝新太郎が「俺の職業は勝新太郎だ」って言うのには憧れるんですけど、俺は勝新じゃないので。
みうら 最大の違いは勝新じゃないってところでね(笑)。
星野 それが辛いところなんですけど、よく考えてみたら自由業って何ですか?
みうら わかんないけど、世の中の仕事は不自由業ってことですよね。普通が不自由業で、しょうがねえやつが自由業。確かに頼まれもしないのに勝手にいらないものを生み出してるやつは自由ですよ。
星野 そうか。でも頼まれてもいないのにいらないものを生み続けて、日本中に影響を与えてるじゃないですか、みうらさんは。
みうら プロ自由業としてね。よく「俺もエロスクラップやってるんです」って持ってくるやついるんだけど、「100冊たまったら見せて」って。あれ、量ないと意味ないんだ。無駄に量があるから面白いわけで、2冊だけじゃ自由とは呼べない(笑)。
星野 アマチュアですよね。
みうら 俺、高校まで彼女もいなくてやることなかったから、気付いたらオリジナル曲が

400曲以上もできてて。周りから気持ち悪いって言われたけど、やりすぎる人って気持ち悪いんだよね、やっぱり。プロより持ち歌があるって気持ち悪いじゃないですか。

星野　400曲もあるって凄いですよね。

みうら　あげますよ（笑）。でも俺らの自由業の原動力はそこだけだからね。「何やってるんですか？」とか「どうかしてるよ！」とか言われなきゃ。

星野　それは怖い人に思われたかったたっていうのと同じですか？

みうら　怖く見せようと思っても見えないじゃないですか、絶対（笑）。この間、新宿の「そっくり館キサラ」に行ってきたけど、ものまねの人がおかしいのは本人じゃないところでしょ。凄くそっくりに中島みゆきを歌ってる人がいたけど、ぎりぎり似てない部分があって、そこがおかしくて笑うんだよね。でもそこが自分自身なんだと思うけど。本人がコンプレックスだと思ってる部分。

星野　ああ、なるほど。

みうら　俺は高校の時、授業中に詩やイラスト書いてて、ヤンキーから気持ち悪いって言われてたけど、美大に入ったらそんな人たちばっかりだったんだ。そういう自分に向いた場所があるんだよね、気持ち悪いチームの集まる場所が。そこを探すのが自分探しってやつなんじゃないの、きっと。そういう場所がない場合は、さもあるかのように書いとくと誤解する人がいるから。同じネタをいろんな連載で書くとさ、いろんな人に「今、仏像ブームなんだって？」「俺も何かで読んだよ」ってなって。発信源は一人なんだけどね。一人電通（笑）。

星野 ははは！

みうら そうするとそんな世界があるように見えるんじゃないかと（笑）。ゆるキャラも堂々とキャラを名乗りながら後ろめたそうにしてるやつらが暮らす、ゆるキャランドという国があるっていうコンセプトだったんだ。

星野 ゆるキャラって言葉は発明ですよね。

みうら 発見と言えば嘘だし（笑）。言葉を作ったことでそれがさもあるかのように見えるっていう。

星野 それで人生変わっちゃう人もいるわけじゃないですか。ゆるキャラフェスみたいなものを始める人も出てきたりして。

みうら 企業ならちゃんとシステムを考える世界観なんだろうけど、いかんせん向いてないですよね、自由業は（笑）。

星野 ゲーム機の十字キーを開発した任天堂の横井軍平さんみたいに、世界的な発明のはずなのにきちんと評価されてないところがかっこ良くもあり悲しくもあります。

みうら　いや、そんな大きな発明じゃないです（笑）

星野　でも似てると思うんです、みうらさん。わかる人にはその凄さがわかるっていう。マイブームという言葉もみうらさんの発明ですしね。

みうら　たぶんテレビでは『笑っていいとも！』（フジテレビ）のテレフォンショッキングに出た時に使ったんだけど、さっそくどこかのエライ人が「現代はマイブームの時代と言うが……」みたいなことを新聞に書いてくださり、誤解が広まってね。でも誤解がないと流行らないんだよね。思った通りに伝わっても全然流行らない。みんなが誤解して、こっちは違うなと思ってるようなカンジがいいんですよ。ブームは絶対に誤解が生じないと。だから誤解を生むようにしとくっていうのも手だよね。

星野　誤解されるのが嫌だなとは思わないんですか？

みうら　もうしょうがないですよね。去年、サイパンへ行ったら外国の人に「ユー・アー・オジー・オズボーン」って。そんな誤解もありますから（笑）。

星野　はははは！

みうら　ぶるぶる震えてるんですよ。写メ撮ってくれって。しょうがないから一緒に撮りましたけどね。かつて安齋（肇）さんと「勝手に観光協会」というユニットで鳴門の渦潮を見に行った時も、船で中学生の団体から「ビートルズだ!」って。いや、まさかなと思ったら、中学生がカメラを持ってきて「ビートルズさんと写真が撮りたい」って言うんです。確かに今、ビートルズは二人だけど国籍も違うしね。真ん中にその子を入れて撮ったけど、引率の女の先生も「ビートルズさんは忙しいからここまで」って、俺たちをビートルズだって信じてたみたいなんだ(笑)。たぶん教科書に後期のビートルズが載ってたんじゃない? 長髪で髭はやしてたらビートルズなんだよね。安齋さんと温泉に入ってたら「混浴かよ!」と言われたこともあるよ(笑)。

星野 ははははは!

みうら 遂におばさんと間違われてね。国籍を越えて性別も越えたから、もう何でもいいやって。この間は新宿の飲み屋で「片山さつきだ!」って言われてね(笑)。もう、どうでもいいや。星野さんは誰かと間違われたりしないですか?

星野 中学生の頃、ロン毛を後ろで縛って眼鏡を掛けてたんです。そうしたら女の子に見えたらしくて、池袋駅の汚い男子トイレに入ったらおじさんがすんごいビクッてしてて。

みうら ヤバいことになんなくて良かったね(笑)。やっぱり世の中って全部誤解だから。誤解されてなんぼじゃないですかね。

星野 じゃあ誤解はいいんですね。

みうら　曲だって評論を書かれた時、違うなと思うことあるでしょう？

星野　いっぱいありますね。

みうら　でもそれがヒットの秘訣なんじゃないの？

星野　いや、きっとそうなんですよ。

みうら　誤解を書いて広めていってくれてるんだよね。入り口を広げてくれてるんじゃないかね？　でも、一番嫌だった誤解は、本名が雑誌のプロフィールに載ってて、本当は三浦純なんだけど「純」の「糸」を「金」に間違われて「三浦鈍」になってたんだ。それは嫌だった（笑）。

星野　ははは！　それは誤解じゃなくて誤植！

みうら　10年くらい前なんか、「みうらじゅん／インストラクター」って書いてあった（笑）。何のインストラクターなんだよって思いましたけどね。だいたいの人は何をしてるかじゃなくて、肩書きがあればそれでいいんだよね。それ以上は聞かない。説明しても聞いてくれないし。

星野　いやー、そういう許しの心に憧れます。

みうら　だいたいでいいんだよね。

星野　でもそこが悩みどころで。

みうら　おばさんに間違えられたら後はもうどうでもよくなるから。いきなり酔っ払ったおじいさんに後ろから乳揉まれたら完璧じゃないですかね。

星野　ははははは！

みうら　最後の最後にはラブドールと間違えられたりしてね（笑）。

星野　目指すはラブドールですね。女装するのは好きなんです。前に料亭の女将のコスプレをしたんです。それで着物を着て、化粧をしっかりしたら、撮影で使ったレストランのコックさんに気に入られちゃって。「お前、お酌しろ」ってお酌させられて、すっごい楽しかったんです。

みうら　それが気持ちいいんだよね。面倒臭い自分らしさがなくなっちゃうから。

星野　かわいいって言われるとうれしいんですよね。だから女の子がなんで化粧するのか、その秘密がわかった気がして。

みうら　女装は「自分なくし」として凄くいい効果がありますからね。修行になりますよ。

星野　みうらさんは『自分なくしの旅』という本を出されてるじゃないですか。自分も、役者でも音楽でも、一番集中するのってエゴがなくなる時なんです。それって自分探しじゃなくて自分なくしなんじゃないかなと思ってたら、みうらさんも同じようなことを言っていて、「おー！」と思ったんですね。

みうら　向いてないことをしてみるといいんだよね。すると一つ自分がなくなるから。そうやって確認していくと、たくさんあると思い込んでた自分らしさがないって気付くからね。自分を信じるのが一番きついよね。自分なんか信じちゃ駄目だって。

星野　思春期の頃ってそれで悩むじゃないですか。俺は自分が信じられなかったんですよ。犯罪を犯すんじゃないかとか、本当はゲイなんじゃないかとか。でもそういう悩みもそのうちどうでもよくなっていって、今ではまあいいかって。

みうら　人間って、考えすぎると頭が痛くなるようにできてるんだよね。それはもうこれ以上無理っていう話だから。

星野　結局、答えなんてなくていいんですよね。

みうら　「答えは風に舞っている」ってボブ・ディランも言うでしょ。正解はないって話なんだと思うな。『イマジン』のジョン・レノンも「〜はない」「〜はない」っていうでしょ。釈迦の時代から「ないない」ブームがあったんだよね。でもそんなこと言うと、面白くないんだよね。釈迦とは飲みたくないじゃん。

星野　ははははは！

みうら　ハメはずすことも「ない」って言っちゃうから。大概、本当のことって面白くないんだ。そのちょっと手前に面白いことがあるんだよね。

星野　「ない」っていうことで言うと、もうサブカルチャーってないんじゃないかって気がしていて。

みうら　あれ、そもそも世代の名前だもんね。全共闘世代とかと同じで、僕らの世代はサブカル世代。僕らの頃からソフビやプラモデルのいいやつが出るようになって、それを持ってたり知ってたりするのがかっこいいことになったんだ。でもそんなの終わってるよね。

星野　やっぱりそうですよね。

みうら　文化系への誤解だね。

星野　みうらさんはサブカルの帝王とか、元祖とか呼ばれてきた人だと思うんですけど。

みうら　それはどこかの編集部の人が、徹夜明けでオレの肩書き考えるのが面倒臭くて、そうしたんだと思うよ（笑）。俺としてはどうでもいいんですけどね。大学生の時、新宿の小さな劇場で『ピンク・フラミンゴ』（ジョン・ウォーターズ監督）と『フリークス』（トッド・ブラウニング監督）の上映があって、そこに集まってきた人たちは確かにサブカルだったような気がします。でも今サブカルってジャンルや職業の名前になっちゃったからね。もうみんなが観てるものを観てもしょうがないから、今はがんばって『LOVE まさお君が行く！』（大谷健太郎監督）的な映画を観に行くしかないんです。

星野　ははは！

みうら　あれ、めちゃくちゃサブカルですよ（笑）。逆転してカルトなんだ。

星野　実際、みうらさんが生んだマイブームやゆるキャラなんて、今や完全にメインカルチャーですもんね。いろんなものを省略して呼ぶ流れも『シベ超』（『シベリア超特急』）から始まったと思うんです。今やそうやって略すと売れるというジンクスまであって。

みうら　「膣トレ」もね（笑）。

星野　それも全部みうらさんから始まったとすると……。

みうら　それも誤解ですよ（笑）。名前は縮めると台無しになることが多いでしょ。昔、人名をわざと誤読する「変読」っていう連載をしてたんだけど、梅宮辰夫さんの上に「ばいきゅうとらお」ってルビを振ったりとか、地井武男さんは「じーぷおとこ」とかね。台無しになる感じが面白いんだよね。

星野　みうらさんってポピュラリティーも凄くあるけど、完全にアナーキーだと思うんです。例えばタモリさんもそうだと思うんですけど。

みうら　タモリさんは一番凄いですよ。すげえかっこいいです。

星野 タモリさんって三層くらいありますよね。ポピュラリティーのあるタモリさんと、マニアックなタモリさんと、そのもう一つ下に謙虚なタモリさんがいて。本当に凄い人ってみんな謙虚で丁寧ですよね。みうらさんも丁寧に絵梨花ちゃんのことを紹介してくれたし。

みうら (笑)。先輩たちはかっこいい人ほど威張らなかったもんですよ。それをマネしてきたんですけど、酔っ払うと駄目なんだ(笑)。先輩諸氏はお金をバーンと払って一軒目でかっこよく帰るんだけど、俺はぐずぐずいるタイプだから。そこですよね、面倒臭がられるところは。

星野 ははは。最後にみうらじゅん賞のことを聞きたいんです。

みうら どう？ 欲しいですか？(笑)。今年はね、川勝(正幸)さんにあげようと思って。事務所のそこに置いてある埴輪は、川勝さんが死ぬ10日前くらいに持って来られたんですよ。お父さんの形見なんだって。埴輪と言えば俺だって持ってきてくれたんです。でもわざわざなんでって聞いたら、みうらじゅん賞が欲しいんですって(笑)。そうか、じゃあもらってくださいねって言ってたら死んじゃった。出し惜しみしないで早くあげておけばよかったと思ったよ。勝手にあげてるだけなんですけどね。ラブドールでもお買いになったら、星野さんもすぐもらえると思いますから。

星野　でもお酒が飲めないともらえないんですよね？

みうら　大丈夫ですよ。ジョージ・ルーカスさんとは飲んでないから（笑）。これまで16回やってきたんですよ。たぶん30回まで行ったら直木賞くらいの誤解が生まれるんじゃないかって思うんだ。今、直木って言っても誰のことだかわからないでしょう？　俺の友だちが『暗夜行路』書いてるやつだろうって志賀直哉と間違えてたくらいだから（笑）。星野さんも何か面白いことがあったらご一報ください。

（2012年8月2日収録）

星野 源 × 西川美和

にしかわ・みわ｜映画監督・脚本家。1974年広島県生まれ。'97年、早稲田大学在学中に『ワンダフルライフ』（是枝裕和監督）にスタッフとして参加。その後、日本映画の現場で助監督として活動した後、2003年に『蛇イチゴ』で監督デビュー。国内新人賞を多数受賞する。'06年の長編第2作『ゆれる』はロングランヒットを記録し、毎日映画コンクール日本映画大賞ほか国内の映画賞を多数獲得。'09年の第3作『ディア・ドクター』はキネマ旬報ベスト・テン日本映画1位に選出されるなど、高い評価を受けた。'12年、長編第4作として発表した『夢売るふたり』は、全焼した小料理屋を再開するため、ある夫婦が独身女性を相手に結婚詐欺を働く物語。主演の松たか子が主演女優賞を多数受賞した。すべての映画で自ら脚本を書き、小説家としても才能を発揮。同名映画をノベライズした『ゆれる』で第20回三島賞にノミネート、短編集『きのうの神さま』は第141回直木賞にノミネートされた。

西川 観てくださったんですか、『夢売るふたり』？

星野 はい、この間観させていただきました。

西川 どうもありがとうございます。今日に備えて阿部（サダヲ）さんに私がどんな人間かお尋ねになったそうですね。阿部さんに聞きましたよ。

星野 阿部先輩、何て答えたか言ってましたか？

西川 「女性です」って答えたって。

星野 阿部さんって嘘つきですね（笑）。

西川 え、本当は何て言ってたんですか？

星野 見た目と中身が違う人だって言ってました。

西川 えー、私には全然そんなこと言わなかったなあ。あの人いったい、何を考えてる人なんですか？ 結局私には全く尻尾がつかめなかった。

星野 何なんですかね。もともと「松戸の狂犬」と呼ばれていたという話は聞きました（笑）。そこから家電量販店の店員を経て大人計画に入ったそうです。

西川 あれ、トラックの運転手をしていたっていうのは？

星野 謎がいっぱいあるんですよ。全部本当な気もするし、全部本当じゃない気もするし。

西川 普段お付き合いがあってもそんな感じですか？

星野　大先輩なのでお酒をご一緒することもそんなにないんですけど、あまりわからないですね。

西川　愛妻家でとても家庭的な方ですよね。アットホームな様子を目撃したという情報が都内で多くて。

星野　都内なんですね（笑）。

西川　この間、近所のマッサージ店に行ったら「何のお仕事されてるんですか？」って聞かれたんです。そういう時はだいたい適当にお茶を濁すんですけど、たまたまその人の指圧が上手だったので、ひょっとするとこれは長い付き合いになるやも知れないから嘘はいかんと思って、とりあえず「映像関係です」みたいなぼんやりしたことを言ってみたんです。

星野　なるほど。

西川　すると「じゃあ芸能人と会ったりするんですか!?」と来るわけです。めんどくせえなあと思いつつ、「いやーめったにないですよー」と流してたら、「ぼくこの間商店街で阿部サダヲ一家が仲良さそうに歩いてるの見たんです。知ってます？　阿部サダヲ。マルマルモリモリの人！」って（笑）。

星野　全然阿部さんの話を振ったわけじゃないのに凄いですね。

西川 3日くらい前まで一緒にロケやってたのに、私も「えー、すごいじゃないですかー」と。揉まれながら（笑）。

星野 素なのかずっとお芝居してるのか、不思議なんですよね。

西川 なんで役者になったのかって聞いたら、「自分じゃない誰かでいられるから」って。サラリーマンをしていた時は自分でいなければならないのが辛かったっておっしゃってました。ああ、俳優というのはそういう生き物なのかと。ちょっと私にはわからない部分があるけれど。

星野 違うものになる良さみたいなものがわからないってことですか？

西川 うん、そこに開放感を感じるというのは俳優的な資質だと思う。大半の人は自分以外の何かになりきれ、と言われるとかえって苦痛を感じるものですよ。「こんなの私じゃない」と。ある意味生身の阿部さんは無色透明の水みたいな感じで、「己」というものをまったく感じさせない人ですよね。次はこっちの器に入ってくださいって言ったら、「はい」ってその形になって、違和感とか、「ぼくだったらこうするんだけど」みたいなのは一切見せないという。

星野 大人計画の人はそういう人が多いかもしれないですね。

西川 自我を剥奪された人たちですか。

星野　ははは！

西川　あまりにいろんなことをやらされすぎて（笑）。

星野　そうかもしれないです。自分は劇団員じゃないからちょっと違うと思うんですけど、一番恥ずかしいのは松尾さんが「やれ」と言ったことを「嫌だ」って拒否することらしいです。そんなのできないですって言うのが一番恥ずかしいことだという空気が何となくあって。先輩の皆川猿時さんは若い頃、松尾さんに「あのパイプ椅子の座る部分と背もたれの間の隙間に飛び込め」って言われて、「わかりました」って頭から飛び込んで潜り抜けたらしいです。

西川　凄い！

星野　そういう集団なんですよね。それが普通というか。どう考えても危ないじゃないですか。

西川　でも舞台観てたら感じますよね。誰もNOって言ってないんだろうなって。

星野　それが特徴なんでしょうね。

西川　宗教に通じるところさえありますね。どこまで人はNOと言わずにやれるのか、それを観る舞台というか（笑）。女優さんたちもほかの女優さんとちょっと違いますもんね。

星野 そう思いますか？

西川 ええ、魅力的です。己を一度破棄した感じが女として魅力的です。星野さんは芝居より音楽の方が先だったんですか？

星野 始めたのは同じ頃なんですけど、人前に出たのはお芝居が最初です。中学1年生で。その時、思ってもないことを無責任に言ったらストレス発散になって。それまであまり自分の思ってることを言えない人間だったんですけど、わーって言った時に目の前がパッと晴れた気がしたんです。西川さんは我を出したい方ですか？

西川 おそらく抑えられない我があるから、もの書いたり、物語を書いたりということをやってるんだと思うんですよ。しかもそれを自分の肉体でなく、俳優という他人の肉体を借りて表現するという、より姑息な手段をとるわけですね、映画監督というのは。腹の底にあることを全部他人に言わせて、どこか私じゃないっていうフリをして責任転嫁していられる。ずるいことこの上ないですよ。

星野 役者になりたいという気持ちはもともとまったくないんですか？

西川 まったくないですね。

星野 映画を作りたいと思ったきっかけは何かあるんですか？

西川 それがはっきりしてなくて、とにかく映画は好きだったので、どういうかたちであれ関わっていきたいという思いはあったんです。だから配給や宣伝も職業としてまじめに考えてたんだけど、案外業界の入り口は狭くて、たまたま最初にこの世界に引っ張ってもらったのが是枝（裕和）監督だったから、おのずと助監督という立場で現場に立つことになってしまって。だけど助監督というのは日本ではれっきとした「監督候補生」ですから、周囲のコワモテの先輩たちからも「一日も早く監督しなきゃ駄目だぞ」とかハッパかけられて、うへーと思ってたんですよ。無理だろそんなのと。でも「私そんなのやる気ないですから」と言い放つ勇気すらなかった。怖すぎて。現場にも向いてなくて、嫌で嫌でしょうがなかったんです。

星野　怒られたりするのが嫌だったんですか？

西川　それは仕方がないにしても、現場を回すのもセンスですからね。経験の積み重ねも当然あるけど、生まれ持ったそのセンスがない、ってことを自分で早い時期に感じてしまってすごく暗澹としたんです。自分は絵を描くセンスはないとか、走るセンスはないとかと一緒で、何かわかるでしょう。そういう自己認識がすべてではないけど、現場での立ち居振る舞いが生き生きして華麗な先輩たちを見て、これは私のほんとに進むべき道なのか、と。せっかく入らせてもらった現場なのに、そこにも居場所をちゃんと作れず、就いてる監督の作ろうとしてるものを「つまんない」と思ったり、くよくよする自分の弱さ自体も嫌だったし、結局「映画」というものから歓迎されてないんだという感で潰れそうだったんです。でも書くことならできる。現場を外れても映画と関わる手段はもう書くこと以外ない、と思って脚本を書き始めたんです。逃避行動の果てですよ。

星野 そうやって作ったのが初監督作の『蛇イチゴ』なんですか？

西川 そうですそうです。

星野 じゃあ最初は脚本だけで、監督は誰かにやってもらえばいいと思ってたんですか？

西川 ええ、上手い人はいっぱいいるから。役者もみんな面倒臭そうだし（笑）。

星野 大変そうですもんね、監督さん。

西川 どう思われます、監督業とか。

星野 俳優とはまた別の知らない世界だと思います。例えばバス移動も監督は別じゃないですか。だからあまりよくわからないというか。監督はその時々によって、かっこよく見える時もあるし、本当に大変そうだなと思う時もあって。映画とドラマでもまったく違いますよね。映画の監督さんの方が気持ちは近い感じがするんです。特に作家性が強い映画の監督さんは、一番闘ってるというか、支えなしで立ってますみたいな感じで。

西川　塚本監督はどうでしたか、お会いになって。

星野　凄く優しい方でしたけど、現場ではスイッチ入るみたいなことをおっしゃってたので、きっと現場の時と違うんだろうなって。

西川　スイッチ入らなきゃあんなの撮れないですよね。

星野　ははは。西川さんは現場でスイッチが入るタイプですか?

西川　自分ではあまり変化してないと思ってるんですけどね。この調子ですよ、基本的には。だから向いてないと思ってるんです。「映画監督」という職業のイメージに不可欠なはずの天才性とかカリスマ性みたいなのは一切ないですから。だからいつまでも慣れないし、どこか座り心地が悪いままです。でも一応、映画監督って映画が好きな人なら一度はなってみたいと言われる職業ですから、そのためにもの凄くもがいている人がいるのに、若くから自分がすんなりやらせてもらってる後ろめたさもあります。いろんな人の呪いを背負ってる気がすると言うか(笑)、それでますますテンションが下がっていく。まあしょうがないので、そういう人間でもできることをやっていくしかないとは思ってますけど、他の監督に会うのは怖いです。

星野　ああ、そうなんですか。

西川　塚本さんなんて本物だから、会うといろいろなものを見透かされるだろうなと思って。お会いしたこともあるし、凄く優しい方ですけど、怖いんですよね、本当は。

星野 自分は偽物なんじゃないかっていう感覚ですか？

西川 そうですね。そんな偽物でもこの椅子に座れるのねえ、と思われるんじゃないかと。そこから『ディア・ドクター』という作品が生まれて。

星野 俺、最初に観た西川さんの作品は『蛇イチゴ』だったんです、劇場で。

西川 え、本当ですか！　うれしい。

星野 当時一個上の先輩がカリフラワーズってバンドのベーシストの方にベースを習っていて、それでカリフラワーズが音楽をやる映画があると聞いて観に行ったんです。

西川 超マニアックな理由（笑）。そんな人いたんですね。

星野 それから西川さんの映画を観てるんですけど、ずっと変わらないのが「男っぽい」という印象なんですね。これは完全に自分の趣味ですけど、監督のマナーというか、ルールみたいなものの中に映画がある、ずっと後ろに監督の顔がぼやっと見えているような映画が好きで。西川さんの映画を観ていると、女性の監督さんなのに男らしい人が後ろにいるんです。

西川 そうですね。私もフランシス・フォード・コッポラみたいなルックスに憧れますが（笑）。

星野　ははは！　見た目の話ですか。

西川　そうだったら凄くやりやすいだろうな。

星野　確かにやりやすさはあるかもしれないですね。

西川　あんなルックスだったら、現場に行っても「あ、監督が来た」って存在感あるじゃないですか。私、ちっとも貫禄が――。

星野　凄くありますよ。

西川　いやいや。だんだん付いてきたのかな？

星野　わからないですけど、凄く男らしいです。

西川　ありがとうございます。褒め言葉と受け止めたいです。ちょっと内面の性が倒錯気味なので（笑）。自分が女性らしい感性を持ち合わせているかというとちょっと自信がないし、「女性らしいきめ細やかな視点で描かれている」なんて言われると、おどおどします。

星野　女の人は基本的に男らしいと思うんですよ。反対に男って女っぽいじゃないですか。西川さんはそこに正直な方というか。

西川　確かに男の人の方が繊細な部分もありますよね。

星野　駄目ですよね。男はほんと弱いなって。『夢売るふたり』みたいな映画を観ると女性に対して無条件降伏したくなります（笑）。女の核の部分をグッと見せられるからだと思うんですけど。

西川 自分の中に女性性があるっていうのは自覚されてるんですか？

星野 言葉にすると難しいですけど、昔の人が言う「女みてえなやつだな」っていう部分はたぶん男ならではだと思うんです。

西川 確かにね。

星野 あの、ちょっと聞きたかったんですけど、『ゆれる』のベッドシーンでオダギリ（ジョー）さんが真木（よう子）さんに「舌出せよ」って言うじゃないですか。あれはどうやって演出したんですか？

西川 あれ、さすがに恥ずかしくて脚本には書けなかったんですよ。

星野 じゃあその場で？

西川 この言葉を印刷したらスタッフからどう思われるだろう、と。そこであるまじき照れが入ってしまいまして。で、現場でカメラ位置も全部決まってから、オダギリさんにこそこそって言って、真木さんにも「聞いてた？」って。恥ずかしいからワンテイクですよね、あんなの。

星野 そうなんですね。男はなかなか出せない男らしさだと思うんですよ。思っていても言わないんじゃないかって。言われたことあります？

西川　あるんじゃないですか何度かは。

星野　えー！

西川　面白かったのは映画を観た昔からの男友だちが、奥さんに「あの監督の女と何かあったんだろ」って疑われたらしいんですよ。つまりその彼は奥さんとの交渉事の時にああいった台詞を発するらしいんです。その奥さんの経験上、そんなことを言う男は夫だけだったらしくて、「おいお前、あやしいぞ」と責められたと。知るか、と言いたいですけど（笑）。でもつまりは、一見ショッキングな台詞のようで、実は巷にありふれているんじゃないでしょうかね。

星野　そうかあ。

西川　性描写なんかに関してはすぐに実体験なのかとか聞かれますけど、実体験がなくちゃセリフや物語が書けないって、そんなわけはないですし、私にとって少なくともベッドシーンは自分の甘い思い出や理想を発散する場ではないなあ。どういう一言をどういう言い回しで言わせればその人物の性格を最短で表現できるか、ということですよね。

星野　ベッドシーンはいつもきちんと撮ってますよね。

西川 作品によりますけど、『ゆれる』ではオダギリさんの役柄の性格的な嫌らしさとか、男としてのおごりとか、そういうものを出すために避けて通れなかったんです。『夢売るふたり』の場合は、夫が妻に逆美人局《つつもたせ》みたいなことをさせられてるっていうエグい話だから、夫が外で他の女と寝てるエグさをちゃんと見せないと駄目だろうなって。ただ浮気して帰ってくるだけだときれいな話になる気がしたんですよね。だから露出も含めて嫌なセックスを見せないといけないんじゃないかって。濡れ場なんて撮っても恥ずかしいし。他の監督にやってもらいたいくらい。

星野 そこだけ（笑）。

西川 そうそう。

星野 『夢売るふたり』は特に避けられない道だったんですね。

西川 性の裏切りの話だからそこは必須だなって。日本ではバストトップを出せない女優が多いけど、絶対に乳首を出さなきゃ駄目だとも思いました。色気のない、サービスカットでもないシーンで、安藤玉恵さんが脱いでくれてるのが凄くうれしいですよね。道具になった性というものの果てしない虚しさを映したかったから。

星野 サービスカットじゃないっていうのがいいですね。

西川 女の人の性的な魅力を撮るのはやっぱり男の人の方が上手いんじゃないですか。性衝動のある人の方が。私がわくわくして撮ったシーンは、映倫通りませんって言われて泣く泣くカットしたんです。

星野　どんなシーンだったんですか？

西川　阿部さんが出会い系サイトで知り合った人妻とラブホテルで絡んでるシーンなんですけど、今時ないような円形のベッドとか、ホテルの全貌も含めて地獄絵みたいないいカットがあったんです（笑）。何の色気も愛情の交換もない、運動そのものみたいなセックスですよ。エロというより笑うしかないような。でもお尻の割れ目が見えていて、接合しつつ、四回以上動くとR‐18になるって説があって（笑）、それは勘弁してくれっていうことになったんですね。

星野　やっぱりR‐18にしないで、若い人にも観てもらいたいという思いはあるんですか？　敢えてR‐18で行く作品もあるじゃないですか。

西川　そういう勝負の仕方には憧れますけど、大枚はたいて映画作らせてくれた人たちの論理は酌まないと、という思いもありますからね。だからここまではOK、これ以上飲み込むと私の作品じゃなくなる、っていうラインでつねにせめぎ合ってます。

星野　なるほど。でも阿部さんの役柄の限界みたいなものが、セックスの時のたたずまいで見えるのがいいですよね。悪いことをしてるんだけど、完全に悪い方には行ききれないところとか。セックスって人間が出るじゃないですか。阿部さんの役柄には全然主導権がなくて。

西川　相手主導ですよね。目の前にいる人に合わせていいようにしちゃう役柄だったので、その辺は阿部さんが本当によく出してくれましたね。これ、ほとんど濡れ場の話ですけど大丈夫ですか？（笑）。

星野　ははは！　大丈夫です。『夢売るふたり』を観て、たとえは悪いけど妖怪大戦争というか、絶対に勝てない人たちの中に男がぽつんといるような印象があったんです。阿部さんはだます側なのに、圧倒的に負けてる感じがして。それって生まれた時からの男女の力量の差なのかなと。松（たか子）さんが浮気した阿部さんをお風呂で茹でるようにして問い詰めるシーンも、本当に最後まで問い詰めない松さんがいて、不倫した夫のことすら包み込んでるんですよね。怖さを通り越して憧れるというか。

西川　実は私も世の中の奥さんたちを見て、どうしてこんなに上手く夫を操作できるんだろうかって客観的に書いてるんです。妻という生き物に対して畏怖がありますよね。私には到底できないんじゃないかって。

星野　ラスト、子どものショッキングなシーンがあるじゃないですか。そこでわざとじゃないんですって警官たちに説明する阿部さんの姿に、あの役柄の生き方が出てますよね。ズルいんだけどかわいいなって。

西川　細かく観てもらっていてうれしい(笑)。そうなんですよね。阿部さんがやってくれたあの役はかわいいんです。

星野　そこに救いがある気がしたんですよね。

西川　私、あのカットが作品中でいちばん好きかもしれないです。あのカットってシナリオではセリフを書き込んでいなくて、その時の状況だけ阿部さんに口伝えして撮ったものなんですね。自分で書いたセリフとは長く格闘し過ぎちゃって、最後はほとんど感動も発見もないんだけど、あれは阿部さんから出てきたものだから愛せるというか。

星野　女の人の強さを描いて、「男よ思い知れ!」っていう意地悪な感じの映画もあると思うんですけど、これはそうじゃないですよね。どっちに対しても憧れがあるような気がして。

西川　女が描いた女のための映画、みたいに閉ざしちゃうのは嫌ですよね。閉ざすためじゃなくて開くために作るのが映画だから。そういう境界線というのが嫌なんです。男の人にも観てもらえる映画を作りたいと思ってきたし、女はとかく映画の中では神聖化されがちだけど、結局女の人も男の人と同じくらいズルいし弱いし汚いし、そこがまたいいじゃありませんか、っていうことなんですよね、描いてるのは。だからみんな仲良くねって。

星野　ははは。仲良くしようよってことなんですか。

西川　そうなるといいなと思って作ったんですけど、どうなんでしょう。そうはなってないですよね（笑）。やっぱり恐れられてしまった。

星野　そう言われてから観るとまた違うかもしれませんけど。

西川　星野さんの歌も男性が作ったものなのに女性の生活感が凄く出てますよね。男と女の人が生活しているところういう体臭みたいなものを感じて、それを許容し合うよなって。それが具体的な言葉で書かれていて面白いなと思います。

星野　ありがとうございます。変態の歌を作りたいなと思ってるんですよね。みんな変態だから仲良くしようねって（笑）。

西川　私は全然変態だと思わない、ああいうの。

星野　俺も変態じゃないと思ってるんですけど、今の日本の音楽シーンで商品にするにはそこそこ変態な内容なので。みんな変態だろうっていう気持ちで書いてるんですけど。

西川　「ストーブ」なんてほんと良いですよね。あんなシチュエーションを歌った曲ってこれまであったかなと思って。誰かを失った時の実感の希薄さを、あんなふうに綴った歌詞って聞いたことがないですよね。

星野　うれしいです。だいたい歌詞は妄想が多いんですけど、あの曲は喪主って大変だってよく聞くから、どんな気持ちになるんだろうなと思って。悲しくても悲しいとか言ってられないだろうし、お寿司を食べてる時は明るくふるまったり、でも廊下を歩いている時にふと絶望的な気持ちになったり、きっといろんな瞬間が普通にあるんだろうなと思ったんですね。最初は「秋だから押し入れからストーブ出そうぜ」って歌を作ろうとしたんですけど、途中でストーブ＝火葬場の歌だったら面白いなと思って。笑いながら作ったんですけどね。

西川　短編映画のような雰囲気があるなと思って聴かせていただきました。あれ、そう言えば星野さんって大崎（章）さんの映画で音楽を——。

星野　はい、大崎さんが監督した『キャッチボール屋』で、SAKEROCKが音楽を担当したんです。西川さんの映画には大崎さんがたびたびエキストラで出てますよね。

西川　出てるんです。同一人物っていう設定なんですけど。

星野　そうなんですか！（笑）。

西川　『ゆれる』の時は山梨の田舎の土地持ちの家に生まれて、四十過ぎてもパラサイトでふらふらしてる男っていう設定だったんだけど、『夢売るふたり』では人生最後の一旗を揚げようと、上京して劇団を作るっていう裏設定で。

星野　ははは！

西川　『夢売るふたり』には2回出てくるんですけど、1回目は劇団「こむらがえり」を旗揚げする夢を語っていたんです。

星野　はははは！

西川　2回目の登場シーンでは、これもエキストラで出てもらった山下（敦弘）さんと「こむらがえり」の舞台が大コケした責任の所在をなすりつけあってるんです。山下さんは一応舞台の主演俳優。

星野　最高ですね（笑）。ああいう居酒屋で、実際に大崎さんと山下さんと3人で飲んだことがあるんですよ。だから妙なデジャヴ感でトリップしちゃって。

西川　大崎さんは大先輩なんですよ。私がぺえぺえの助監督をしていた諏訪敦彦監督の『M/OTHER』で、チーフ助監督だったのが大崎さんですから。

星野　優しくて面白い方ですよね。

西川　面白いですよね。おそらくあのキャラは今後レギュラーになっていくと思いますよ。

星野　『ディア・ドクター』には出てなかったですっけ。

西川　『ディア・ドクター』には出なかったんですけどね。また今後ああいう厄介な役があればぜひ出ていただこうと思ってます。

星野　今日は大崎さんのことを絶対に話そうと思っていたので、その話ができてよかったです。

西川　私も絶対にしなきゃと思ってたんです。大崎さんが以前、ＳＡＫＥＲＯＣＫという凄くいいバンドに今度音楽やってもらうんだって熱く語っていたのを覚えてますね。

星野　大崎さんと一緒に飲んだのは阿佐ヶ谷のすっぽん料理屋だったんですけど、あのシーンのカウンターの感じも、山下さんが飄々と真面目なことを言ってるようなところも似ていて。

西川　山下さんは素敵ですよね。監督だけじゃなく芝居もできるし。

星野　『不詳の人』っていう疑似ドキュメンタリーがあって、その山下さんの演技が凄いんです。

西川　自分で出て、自分で監督してるやつ？　それ観てないんだよな。

星野　面白いですよ。最初は俳優養成塾のプロモーションビデオを山下さんが撮りに行くんですけど、そこの塾長が詐欺まがいのことをしていてだんだん悪事がばれていくみたいな。

西川　へー、面白い。

星野　その山下さんの演技がよくて、自分が監督してるっていうエゴがほとんどないんです。さらっと演技しちゃってる感じが凄いなって。

西川 私はつねづね主演でやればいいのにって山下さんに言ってたんですよ。日本のウディ・アレンになれると思ってるんです。ウディ・アレンの映画ってウディ・アレン本人が出る時が一番説得力あるでしょう。そういうふうになれると思うんだけどな。

星野 確かに。ぜひ『不詳の人』観てみてください。山下さんが半分主役みたいな感じなので。

西川 星野さんが『POPEYE』で連載していた映画のエッセイ「ひざの上の映画館」も面白かったですよね。読んだ人が映画を観たいと思えるような書き方をされていて。

星野 よかった。あんまり映画のこと書いてなかったんですけど（笑）。

西川 映画と関係ない部分も面白かったです。

星野 ありがとうございます。西川さんは『ディア・ドクター』のDVDの特典で「『ディア・ドクター』を作った人たち」という文章を書かれてますけど、読むと凄く細かいところまで見逃さないようにしてますよね。嘘が好きじゃないのかなって。

西川 嘘っぽいものには敏感かもしれないな。自分の無意識につくいやな嘘にも敏感。

星野 文章から誠実なものを感じました。

西川 そんなふうに言っていただいたのは初めてかもしれないです。

星野　自分の面倒くさい部分とか、人にこう見られてるんじゃないかと思う部分とか、そういうことも全部書いてる感じがして。

西川　それは見逃さないようにしてますね。でもその言葉をまったくそのまま星野さんの文章にお返ししたい。

星野　いや、俺はけっこう適当な感じなので（笑）。意識しないとって思ってはいるんですけど。次回作はどういう予定なんですか？

西川　まだ全然考えてなくて、どうしようかなと思ってるんですけどね。映画は好きだから作り続けたいけど、変な作り方はしたくないなって。もう一回ちゃんと作りたいなと思ってます。必要に迫られて、とにかく撮らなきゃっていう中から絞り出すのが芸かもしれないけど、自分で本当に面白いと思うものをもっと練っていきたい。どんどん話が複雑になってきて、作品の規模も大きくなってるんだけど、面白い映画って本当はもっとシンプルに作れるはずですからね。そういう作り方をあらためてできるかどうかがちょっと怪しくなってきている。金を使って、人を使ってしかできなくなってるんじゃないかって少し怖いんです。だからもう一度やり直さないとなって思ってるんですよね。

星野　1回リセットする期間があった方がよさそうなんですか？

西川 それがいいのかどうかもわからないんですけど、どうしたらいいんでしょうね？ 教えてください。

星野 いやいや（笑）。「『ディア・ドクター』を作った人たち」の中にも書いてありましたけど、人に褒められたりした時、そうじゃないところもあるんだよ、他にこんなスタッフがいて、自分だけではないんだよ、っていうことを言いたい気持ちがあるんでしょうね。でもどの作品でも西川さんの顔が見えるということは、金を使って、人を使いながら、ちゃんと自分の血が通った作り方をしてるんじゃないですかね。

西川 だといいんだけど。どうかなあ。

星野 まったく違うことをしてみたら見えることもあるんですかね。役者とか。

西川 私がですか。無理ですよ。前に松尾さんから看護師役で出てくれって言われて、断った作品があったな。やれないと思いますね。

星野 例えば濡れ場とか。

西川 じゃあR-18で（笑）。いや、あらためて役者さんは肉体もさらすから凄いと思う。どういう神経でやってるのかと。やっぱりおかしいよなと思いながらこっちは撮ってるんです（笑）。

星野 ひどい（笑）。逆に役者は監督がどう思いながら撮ってるんだろうって思ってます。

西川　その時はありがとうっていう気持ちですよ、友情を感じます。私には精神をさらす孤独があり、俳優は肉体をさらす孤独がある。互いに恥をしのぎ、技術だけでは乗り越えられない線を乗り越えようとする、現場で唯一のパートナーだとも思います。でもふと離れると、なぜあれができるのかしらって。やっぱり首をひねっちゃいますよね。向こうもそうなんでしょう（笑）。濡れ場に限らずですよ。撮られてる時ってどういう気持ちですか？

星野　恥ずかしいです。

西川　やっぱり恥ずかしいんですか。

星野　けどやるみたいな。

西川　それ、最初に話した阿部さんに似てますよね。阿部さんも普段の方が恥ずかしそうなんです。でも芝居に入った瞬間、いきなり解放されてますよね。私は誰かに何かを言わされるとか、誰かの思惑通りに撮られるっていうことが、自分を殺すことのようにしか感じられない種族だけど、撮られることで別の人生を生きられて、別の感情を生きることができるのが俳優なんでしょうね。歌の世界もそうですか？

星野　自分の場合、歌ってるのは素の自分なので恥ずかしいです。役者の時も別の人生を生きてるかというとそうでもなくて、空っぽになるというか、無になる感じですね。

自分なくしみたいな快感があるんだと思います。

西川 ああ、なるほど。なんとなくわかってきました。でもやっぱり私には無理だろうなあ。

（2012年7月16日収録）

星野 源

×

塚本晋也

つかもと・しんや｜映画監督。1960年東京都生まれ。中学時代に初めて8ミリカメラを手にし、自主映画を制作。CM制作会社勤務を経て、'87年の監督作『電柱小僧の冒険』でPFFアワードグランプリを受賞する。'89年、全身が金属化していく男の恐怖を描いた『鉄男』でローマ国際ファンタスティック映画祭グランプリを獲得。自ら製作、監督、脚本、撮影、照明、美術、編集を行う独自の制作スタイルで、『TOKYO FIST』『バレット・バレエ』『双生児』『ヴィタール』『悪夢探偵』などの作品を生み出す。2003年『六月の蛇』でヴェネチア国際映画祭コントロコレンテ部門審査員特別賞、'12年『KOTOKO』でヴェネチア国際映画祭オリゾンティ賞を受賞。世界的に高い評価を受け、ダーレン・アルノフスキーなど海外の映画監督にも大きな影響を与えた。また俳優としても、ドラマ『ゲゲゲの女房』『カーネーション』(共にNHK総合)など多数の作品に出演。最新監督作『野火』は'15年7月25日公開。

星野　『ゲゲゲの女房』（NHK総合）の時は共演シーンがなかったんですよね。一度ご挨拶させていただいたのは打ち上げの場で。
塚本　ああ、そうでした！　でも一瞬でしたね。『KOTOKO』の公開時はチラシにいいコメントを書いていただいてどうもありがとうございます。
星野　いえいえ。
塚本　「最強。可愛さも、恐ろしさも、愛おしさも、面白さも、最強でした。」って、『KOTOKO』を可愛いいと言ってくれたのは初めてです。
星野　可愛かったんですよ（笑）。いつも塚本さんの作品は楽しく拝見してるんですけど、『KOTOKO』もとにかく楽しくて、でも怖さとかいろんな感情が一気に迫ってくる感じもあって。あの、前からずっと聞きたかったことを聞いてもいいですか？
塚本　はい。
星野　塚本さんを最初に知ったのはNHK教育テレビの『土曜ソリトン SIDE‐B』で。
塚本　それ、凄い前ですね！　まだ子どもだったんじゃないですか？
星野　そうです、たぶん中学生くらいです。再放送だったのかもしれないですけど、その『土曜ソリトン』の映画特集で塚本さんが言っていたことが今も忘れられないんです。

ワイドのレンズで撮らなくても「ワイド！」と念じればワイドになるって。

塚本 その時から言ってましたか？（笑）。

星野 それが子ども心にグサッと突き刺さったんです。もちろん技術やお金も必要なんだろうけど、それを超える執念があるんだと。

塚本 おそらく20年近く前だと思いますけど、いまだに精神は同じです。

星野 それは変わらないものなんですか？

塚本 あまり変わってないですね。今もそういう心構えですから。

星野 それが聞けて凄くうれしいです。

塚本 確か『鉄男Ⅱ BODY HAMMER』の頃で、1作目の『鉄男』がスタンダード画面だったから、『鉄男Ⅱ』は洋画のアクション映画みたいに横長の画面にしたかったんです。ところが結局お金がなく元のカメラのまま。レンズ交換もできない。それでも、どうしてもワイドっぽい画面にしたいカットがあって、「ワイド！」って念じながら撮ったんです。そうしたら後でお客さんに「あの画面は何ミリのワイドレンズを使ったんですか？」って聞かれて。

星野 うわ、凄い！

塚本 念ずればワイドになるんだって。心のワイド画面です。

星野 心のワイド画面！

塚本 本当はただのスタンダード、標準レンズなんですけど。

星野 でもそれがずっとかっこいいと思っていて、自分も真似したことがあるんです。二十歳の時、金がなくて録音した曲を自分でDATテープからCD‐Rに落としたり、納品したりする作業をやっていた頃、1回10万円掛かると言われてマスタリング（音質・音圧調整）の作業ができなかったんです。だから塚本さんの真似をして、念じることでマスタリングして（笑）。念で音圧を上げてました。いや、上がってないんですけど。

塚本 かなり近しい世界ですね、それは。

星野 塚本さんと同じことをやってるんだという気持ちになってました。

塚本 ほかに方法がわからなかったんです。8ミリフィルムで撮り始めて、自分の手の届く範囲でやってきましたから。8ミリも画と音を合わせる方法があったんですけど、最初はそういうの知りませんから、学校で友だちに見せる時は画に合わせてカセットデッキで音を流してたんです。でも必ず音がちょっとずつズレていくんですね。だから手でテープをチュルッチュルッて巻き戻して。

星野 あ、調整するんですね（笑）。

塚本　そういうところから始めてるので、『鉄男Ⅱ』の頃はスタンダードの安いカメラをもう一台買って、面倒な弾着のシーンを2カメで回して、一回分を二回分にしてたっぷり長く見せてグレードアップしました。

星野　『鉄男』の前は演劇もされてたんですよね？

塚本　唐十郎さんや寺山修司さんに憧れた世代なので、恥ずかしいくらい影響を受けまくった芝居をテントや小屋を建ててやってたんです。

星野　実際に建ててやってたんですか。

塚本　はい、10代の頃に。あとは20代にも。でも演劇は誰も観てないから、その頃のことはもう時効！　と思ってたら、この間片桐はいりさんが観てたって。汗がいっぱい出ました（笑）。

星野　はいりさん凄い（笑）。その後、ＣＭ制作会社に入ったんでしたっけ？

塚本　ちょうど10代と20代の間。大学を卒業した後に入りました。本当は16ミリ映画で商業デビューした石井聰亙（岳龍）さんみたいに、16ミリを撮って映画監督になりたかったんです。でもお金がないとかいろいろな理由で16ミリを撮れなくて、挫折感とともにコマーシャルの制作会社に入ったんですね。助監督さんになるよりも、その方がとんがったものが見られると思ったので。そこで数年間働いた後、自主映画で『電柱小僧の冒険』と『鉄男』を作ったんです。

星野 不思議なのは、その時の『鉄男』のパッションが『KOTOKO』まで持続して衰えないところですよね。塚本さんの作品を観ると、普通の人ならすぐに失ってしまう初期衝動の力強さみたいなものがずっとあるんです。雑誌に書かれてるのを読んだんですけど、CM制作会社では周囲の人と上手にコミュニケーションを取ってたんですよね。普通は社会人生活の中で失われがちなのに、もの作りを始めた最初の頃の気持ちがそのままだったのはなぜなんだろうって。

塚本 なぜなんでしょうね。10代の頃の8ミリは前向きな野心に満ちていました。その頃のノートを見ると、モットーとして「全ての人に喜んでもらう映画を作ること」「光はなるべく真正面から当てること」っていう今とは真逆なことが書いてあって（笑）。

星野 ははは！

塚本 もともと恥ずかしがりやでコミュニケーション下手な部分があるんですけど、CM会社に入ってからは仕事は必死にこなして、飲みも断らず、カラオケではエンターテイナーになり、それで早くから演出を任されるようになって。作るCMも面白いと言われて、雑誌『コマーシャル・フォト』によく取り上げられたりしたんですよ。社会人としても大切な体験をさせていただきました。でも周囲の期待に応えようといろいろな種類のＣＭをそつなくやってたら、作るものは全部そこそこの出来だし、何だかつまらない方面に来ちゃったなと。会社の先輩方は一人一芸で個性を育んでいらっしゃいましたから。

星野　なるほど。

塚本　ラトーヤ・ジャクソンが出演するコマーシャルを作った時、スポンサーの新人さんから「本人の小指の爪が長い」っていうクレームが付いて、一番いいカットが使えなくなったんですね。それから次第に、「９割９分の人は嫌いでいいから残り１％の人が熱狂するものを作りたい」という衝動が起きて。

星野　そうだったんですか。

塚本　それでドリルのちんちんをぐるぐる回して、それでも「いや足らん」とか言いながら血肉までくっつけて『鉄男』を作ったんです。今まで誰も作ったことのない映画を作ろうという初期衝動ですよね。いまだに初期衝動がないと失敗します。こんなの初めてだけどどうしようって自分でも思いつつ、みんなも企画書に首を傾げてるような新しいチャレンジでなければと思います。コマーシャルでもそういう気概が必要だったんです。結局映画がやりたかったんですね。

星野　なるほど。それで作品ごとに初期衝動があるんですね。

塚本　『ＫＯＴＯＫＯ』も、初めてＣｏｃｃｏさんの頭のなかに思いきり潜入しようという新しい試みでした。だから大変でした。でもその状況を命からがら打開していったものが、ワクワクする映画になるのかもしれないですね。こなれちゃうと駄目なのかなって。星野さんの初期衝動は何だったんですか？

星野　中1で初めて芝居をした時、裏から「掃除しろ！」って声を出すだけの役だったんですけど、人前で大声を出したら凄く気持ちよかったんです。それまで気弱で自分の気持ちを素直に言えなくて、そんなんじゃないのにいい人だねって言われたり、でも否定できずにずっと溜めてきたものを初めて吐き出せて。それでこれは俺の人生に必要なものなんだって思ったんです。

塚本　なるほど。

星野　音楽は人前に出るのが恥ずかしかったので、ずっとカセットデッキに向かって歌ってました。でもこれをやっていけばとりあえず生きていけるという手応えがあって、それが自分にとっての初期衝動だったんですね。ただいろいろな人の前に出て、次第に認められるようになると、あの時の初期衝動を忘れそうになるじゃないですか。どうすればいいのかずっと考えてたんですけど、塚本さんはどう見てもそれを失ってないし、作品ごとに新しいことをされてるなって。結局あの時の初期衝動じゃなくて、今の初期衝動でいいんですよね。

塚本 自分もつい前のものを大事にしちゃうので迷いますけど、例えばずっと温めてきた企画って旬を少し過ぎちゃってることがあるんですね。大事に抱え過ぎてて。

星野 確かに。

塚本 たぶんそれを無造作にやると失敗しちゃう。

星野 大事に抱え過ぎてたものって、また旬が巡ってきたりするんですかね。

塚本 新しいチャレンジがあれば、と思うんですけどね。たいがい初期衝動がないのはバレますよね。

星野 ああ、バレますか。

塚本 と、思うんですけど。

星野 それ、バレるの怖いですね。

塚本 お客さんって思ってる以上に凄いんですね。

星野 敏感ですよね。塚本さんのファンの方は特に敏感でしょうし。

塚本 「いつもやってるから得意だもんね」って感じで撮ると駄目ですね。自分で飽きてるのかもしれないです。まず自分が面白がって、ドキドキしながら遊んでるといい感じがありますね。

星野 そこにはこれまでやったことのない、新しい何かが必要なんですか？

塚本 そうかもしれないです。新作に入る時は、誰にも頼まれてないから勝手に朝早く起きて、非常事態だと思いながら脚本を書き始めるんです。「大変だ、早く！」って。

星野 セルフ締め切りを作るんですね（笑）。

塚本 それで普段はこんな性格なのに、いつも緊急事態みたいな映画ばかりできるんですね。

星野 ははは。普段の塚本さんは凄く温厚でゆったりされてるのに。

塚本 性格もこんななので自分で警笛鳴らさないとズルズル行っちゃうんです。でも本当に面白くないとなかなか動けない。どうしてもやりたいものだったら「みなさんご迷惑でしょうけど、どうしてもやりたいのですみません」っていうふうになれるんですけど、中途半端だと申し訳ない気持ちの方が先に立って、ゼロ人間になっちゃうんです。

星野 ゼロ人間。

塚本 はい、やっぱりゼロ人間だと恥ずかしくてしょうがないですもんね。だからいただいた企画でマッチした時は、とってもエキサイティングでありがたい！　と感謝しています。

星野 役者さんとしてのお仕事も多いですよね。

塚本　うれしいことに本当に好きな監督の映画とか、テレビでもわくわくするような話をいただいて。ＮＨＫの連続ドラマとか、お話をいただくと、自分でいいんだろうかって。
星野　そうなんですか（笑）。
塚本　でも昔からテレビが好きでしたし、小中学校の頃はＮＨＫの見学コースを見て回るのがこの上ない楽しみだったんですよね。「あそこで演技したい」って、気持ち悪くなるくらい思っていて。
星野　へえー。
塚本　だからＮＨＫに出てる時は夢がかないまくってるんで、うれしくてむちゃくちゃ練習して行くんですよ。セリフを忘れても口が勝手に動くように、もう２００遍も３００遍も練習して行くんですけど忘れるんですよね。
星野　でもそんなに練習されるんですね。
塚本　練習してやっと普通くらいなんです。だからみなさんよく楽屋で「やあ、おはよう」なんてやってますけど、気軽に参加できないんですね。
星野　自分もそうです。ＮＨＫって主役や大御所の方には個室があるんですけど、他の人はみんな前室に集まるじゃないですか。
塚本　ロッカーがあって、そこに荷物を入れて待ってる、あの時間が苦しいんですよね。

星野　わかります（笑）。俺もなんかうろうろしちゃって、やたらとお茶を飲んじゃうんです。すごくトイレが近い。

塚本　喋るのが上手い人っているじゃないですか。でも芝居の前にそういう人と話してると、だんだん胃の辺りが痛くなってきて、笑い顔も疲れてきてね。何か探すふりをしながら、用もないのに廊下に出て、時間をやり過ごさないといけないんです。

星野　塚本さんってタバコは吸われますか？

塚本　タバコは25年くらい前にやめました。

星野　やめた理由は何だったんですか？

塚本　とにかく吸い過ぎだったんです。編集作業をしてると蒸気機関車みたいにモクモクになっちゃって。でもテレビで真っ黒になった肺の写真を見て、これじゃあいけないと思って禁煙パイポのハッカ味でやめました。

星野　自分は役作りで吸ったことはあるんですけどずっと吸えなくて、でも喫煙ルームはなんかいいなと思うんです。時間が潰れるじゃないですか。

塚本　吸ってると会話が弾むかもしれないですね。でもあそこへ入ったら大変そうですよ。

星野　臭そうだし狭いですもんね。

塚本　わざわざなんでそこへ行くんだろうって。

星野　確かに。

塚本　テレビはいまだに本当に緊張するんですよ。『カーネーション』（ＮＨＫ総合）の撮影が終わった時、共演の小林薫さんに「緊張しないですか？」って聞いちゃいました。さすがにもうしないいって言ってましたけど。でも映画は僕も緊張しないんです。あとあとまで残る！　という意識が強いのに。ちょうどいい温度のお風呂に入ってるような、本当にいい感じで。そこが不思議です。

星野　監督をされてる時は緊張しますか？

塚本　芝居の時の緊張とは違いますけど、いい緊張感があるかもしれないですね。

星野　なるほど。……自分は、今思うと、小学校高学年の頃からいろいろ深刻に考え過ぎるようになって、言いたいことも全然言えなかったし、ストレスや不安が心の中で固結びになってるような状態だったんです。それを一つひとつほどいていくために必要だったのが歌や芝居で、そこから表現の初期衝動が生まれたと思うんですね。だからその時の思いは忘れたくないし、でも不安に飲まれたら仕事どころじゃなくなるので、共存していく方法はないのかなって。塚本さんの作品を観ると、ある時はヒリヒリしたり、ある時は凄く面白かったりして、ポジティヴにあの時の初期衝動を思い出せるんです。

塚本　星野さんのそういう初期衝動、大事ですね。僕自身も長い間やってきて忘れる時があるから、自分によく言い聞かせてますけど。

星野　高校生の時に観た舞台、松尾（スズキ）さん作・演出の『マシーン日記』もその頃の居心地の悪さをぶち壊してくれたんです。塚本さんはドラマ版に出演されてましたけど、ザ・スズナリで初演を観て、椅子から立てなくなるくらい衝撃を受けて。

塚本　ほほう。

星野　バイオレンス表現も含めて当時の自分にはかなり過激で、それまでの価値観が粉々に壊されて。そこからいろんなものを見出せるようになったんです。塚本さんは、周りから言われる外見のイメージと中身とのギャップに戸惑うことってありますか？

塚本　戸惑うということはないですけど、今みたいにぼやーんとしてる自分もいるし、一方で過激な自分もいますよね。心の中のどこかにあるものをすくったものが映画なので。お酒は楽しく飲みますが、絡まれるのが一番まずいですね。絡まれて一度怒り出すと止まらなくなって、相手の暴力性に対してより大きなものを返してしまったり。

星野　素敵です！

塚本　徐々に怒りがあふれていくのではなく、ずっとぼやーんとしてるのにいきなり沸点に達するのでいけないんです。

星野　それは怖いですね（笑）。

塚本　めったにないですよ。でもそうなる可能性があるから人づきあいが悪くなったんですよ。次の日必ず自己嫌悪に陥るので。

星野　自分も怒り出すと止まらなくなるんです。高校生の時、授業中にトイレへ行って帰ってきたら、教室の鍵を閉められてたんですね。普通のいたずらなんですけど、キレてバーンって思い切りドアを蹴ったらみんなシーンっていう（笑）。今は家に帰ってから一人で怒ったりしますね。携帯をバーンと叩きつけたりして。壊れるとまずいので枕の上に（笑）。

塚本　ははは、絵が浮かびます。ひょっとしたら怒りのパワーと表現の爆発は似てるのかもしれないですね。僕は小学生の頃、親が心配するほどの恥ずかしがりやで、音楽の時間はもちろん歌いませんし、机の下に潜ったりして本当に困った子だったんです。ところが小学校４年の学芸会で準主役みたいなことをやったら、その瞬間にいきなり空が真っ青になった気がして。

星野　へえー！

塚本　お芝居で大きな声を出したのがよかったのかもしれないですね。たぶん普通に「こんにちは」「おはようございます」って挨拶できる人と比べて、発散できずに溜まってるものが多いから、お芝居や映画で異常に生き生きしてしまうことがあります。でもそれに賭けてやっていくのもちょっと長持ちしないやり方ですよね。

星野　そうですね（笑）。

塚本　できればちゃんと「こんにちは」「おはようございます」ってみんなとコミュニケーションを取りながら、平常心で細かい表現ができたらいいですけどね。それは前から変わらない悩みです。

星野　どちらもできるといいんですけどね。

塚本　そうですね。でもその辺りは本当に悩ましいですね。映画を1本作るごとに本当にしばらく一人でぼうっとしていたくなりますから。

星野　うんうん。

塚本　『KOTOKO』を作り終わった今は、一人でアニメを作りたいなと思ってます。デジタル技術のおかげで、昔みたいにセルに描かなくても鉛筆で描いたアナログな絵が動くんですね。昨年、鉛筆のBでアニメを描いて、それが動いた時に凄く楽しくて。

星野　そのアニメはどこかで観られるんですか？

塚本　はい、僕のホームページを見ていただくと。25秒くらいですけどね。とても楽しかったです。ちっちゃく描けば、作業中に部屋に子どもが入ってきてもすぐ隠せるので、エロアニメもできるなと思って（笑）。

星野　ははは！　塚本さんが作るアニメ映画を観てみたいです。

塚本　ああ、それも夢ですけどね。

星野　これは素人目の感想なんですけど、塚本さんの作品にはサービス精神を感じるんです。そういうことは何か意識されてたりしますか？

塚本　僕はけっこう変な映画ばかり撮ってますけど、お客さんとしてはすごく普通なんです。たまに本当の実験映画ってあるじゃないですか。寝てる人を一晩中ただ映すとか。

星野　ありますよね（笑）。

塚本　ああいうのはちょっと苦手なんですよね。

星野　めちゃくちゃわかります。

塚本　僕はやっぱりエンターテイメントが好きですね。お客さんに日和《ひよ》るわけではなくて、自分がまず観たいというのがあるので。そういうエンターテイメントと、今までに観たことのないものを合体させるのが自分の目的のような気がします。

星野　影響を受けた監督っているんですか？

塚本　自分の映画とはまったく違いますけど、黒澤明監督が一番好きなんですよね。

星野　どういうところが好きなんですか？

塚本 黒澤監督は王道でいながらにして、毎回実験精神に富んでいて、毎回チャレンジしていて、映像からキャラクターまですべてが充足してるんです。観終わると、お化け屋敷やジェットコースターの後みたいにぐったり疲れるような、同時にとても大事なものを教えられるような感じがして。娯楽でありお勉強もできるところが好きでしたね。『七人の侍』を観た時は劇場中が熱狂していて。

星野 映画館で盛り上がるんですか？ 最高ですね。

塚本 ニュープリント版がリバイバル公開された時ですけど、その時の劇場体験が凄かったんです。『七人の侍』って3時間半くらいあるので、1時間50分くらいのところで休憩が入るんですけど、スクリーンに「休憩」の文字がでっかく出た瞬間にどよめきが起きて。その盛り上がりがいまだに忘れられないんです。

星野 素敵な体験です。いきなりですけどまったく違う話をしてもいいですか？

塚本 はい。

星野 趣味って何かあるんですか？

塚本 趣味ですか。なかなかないんですよ。たいていはボヤーッと映画のことを考えていて。それが一番楽しいんですね。いざ作りだすといろんな人に迷惑かけるので大変ですけど、一人で考えてる時は自由ですから。あとは何ですかね？ ある時までは自転車だって言ってましたけど。

星野 どんな自転車に乗ってたんですか?

塚本 いや、本当にただの自転車で、純粋に乗ってる状態が好きだったんです。昔からなぜかいくら乗っていても飽きないんですよね。一度本格的な自転車に凝ったこともあるんですけど、腰痛持ちで腰と合わなくて。その時の自転車はギアが26個も付いてるやつですよ。

星野 26個も(笑)。

塚本 でも普通の安い自転車に替えて、それはもう絶好調ですね。羽田で撮影があった時も大塚から1時間半で行きましたし。

星野 え、1時間半で!?

塚本 最後の30分はずっと立ち漕ぎでしたけどね。それがまた爽快で(笑)。星野さんの趣味は何ですか?

星野 自分は時間があるときはアニメを観るんです。

塚本 へえ、どんなアニメですか?

星野 今期のものでは『魔法少女まどか☆マギカ』(毎日放送)を観てます。もともと「萌え」という言葉ができる前から萌えの感情が芽生えていて、ずっと悩んでたんですね。小学生の時に小説の『スレイヤーズ』という作品を読んで「何だ、この何とも言えない感情は?」って。いわゆるライトノベルなんですけど、その挿絵に絵が入ってたんです。

塚本 その時の絵はどんな絵だったんですか?

星野 キャラクターがちょっと脱いでいる絵で、たしかおっぱいが出てたんです。最初はその気持ちをどう処理していいのかわからなかったんです。それが自分で初めての萌えでした。それからまわりにひた隠しにしてきて、それがだんだん一般化してきて、やっと出せるようになったんですね。

塚本 あの、萌えという言葉をだいぶ遅れて知ったので自分で勝手に解釈してたんですけど、一言で言うとどういうものなんですか?

星野 自分もまだはっきり説明できないんです。性的興奮なんだろうけど、オナニーやセックスには直接結びつかないものというか。吾妻ひでおさんが描く女の子の太ももにモヤモヤするような。

塚本 なるほど。モヤに近いんですかね。

星野 萌えとモヤは近いかもしれないです(笑)。

塚本 関係ないかもしれませんけど、僕は小学生の頃から脚フェチで。

星野　自分も脚は大好きです。

塚本　アニメで女の子の膝の裏側にピッピッと二本線が入ってるのを見て、「あ、これは！」と思ったあの気持ちが萌えなのかもしれないなって（笑）。

星野　それは萌えかもしれないですね。

塚本　これいいな、これはちょっといいぞと思ったんです。これで残りの人生はやっていけるなって。

星野　はははは！　昔、喫茶店のトイレに外国映画のチラシが置いてあって、その写真が女の子のスカートからのぞく脚のアップだったんです。「何だこれは！」って動けなくなって。でも何がいいのか自分でわからなくて、持ち帰ってしばらく見てたんですね。しばらくして「そうか、俺は脚が好きなんだ」って気付いて。

塚本　今日のテーマは初期衝動と脚フェチでしたね。

（2012年5月22日収録）

星野 源

×

小島秀夫

こじま・ひでお｜ゲームデザイナー・監督・プロデューサー。株式会社コナミデジタルエンタテインメント　エグゼクティブコンテンツオフィサー、小島プロダクション監督。1963年生まれ。'86年、KONAMIにプランナーとして入社。'87年、従来のアクションゲームの常識を覆し、「敵に見付からないように進む」というゲーム性を取り入れた『メタルギア』を初監督して、一躍脚光を浴びる。その後、『スナッチャー』『ポリスノーツ』など数々のゲームを世に送り出し、クオリティーの高い作品作りでゲームファンの支持を獲得。'98年『メタルギア ソリッド』が全世界で大ヒットし、以降『メタルギア』シリーズを中心にゲームデザイナー、監督、プロデューサーとして活躍する。2001年には『Newsweek』誌の「未来を切り拓く10人」に選定。'09年、「Game Developers Choice Awards」で「生涯功労賞」を受賞。'14年には「BAFTA英国アカデミー賞」で「Fellowship Award」のプレゼンターを務める。'14年12月現在、『メタルギア ソリッド Vファントムペイン』（'15年発売予定）を制作中。

小島　星野さんはゲームとかされるんですか？

星野　はい、大好きです。まず小学生の時にファミコンを買ってもらって、最初はファミコンで遊んでたんです。親が厳しくてあまりソフトは買えなかったんですけど。それでスーパーファミコンが発売された時期に、サンシャインシティかどこかでＰＣエンジンのイベントを見て、なぜかＰＣエンジンを買ってしまったんですね。

小島　ははは。

星野　スーファミより安いのにスーファミくらい性能がいいんだ！　なんつって。そうしたらソフトがなかなか出ないから、そのままずっとゲームをやらなくなってしまって。その後、自分で稼げるようになった時、もう一回ファミコンがやりたいと思って秋葉原の中古屋さんで買い直したんですけど、どんどん高性能になっていくゲーム機からは遠ざかってたんですね。ところが何となく手にした今までになく絵のきれいなゲームが面白くて。それが『メタルギア ソリッド３』だったんです。

小島　それ、おいくつの時ですか？

星野　25歳くらいの時ですね。それまで抵抗があったんですけど、こんなに面白いゲームがあるんだってびっくりして。

小島　怪人ばっかり出てきますからね。怪人が目白押しみたいな。

星野 そうですね（笑）。ボスが全部怪人で。

小島 おねえちゃんが出てきたと思ったら、パンストが伝線したりするんですから。

星野 シリアスさもギャグっぽさも、その全部が面白くて。そこからシリーズをさかのぼって、全部やらせていただいたんです。

小島 ありがとうございます。

星野 偏見があったんですよ。海外のシューティングゲームとか。今は『コール オブ デューティ』も好きなんですけど、最初は人を殺すゲームが苦手だったんです。でも『メタルギア』シリーズは、人を殺さなくて済むので凄く楽しいなって。

小島 はい、麻酔銃でプスッとしたりね。

星野 敵兵が去るのをずっと草むらの中で待ってるのが凄く楽しかったんです（笑）。

小島 いろんなもの食べたりして。

星野 食べたり、ワニをプシュッとやったりするのも楽しくて。『メタルギア ソリッド4』とプレイステーション3のメタルギアモデルを同梱した『鋼－HAGANE－』ってあったじゃないですか。あれがマイPS3です。

小島 言ってくれたらプレゼントしたのに。

星野 いえいえ！（笑）。そんなゲーム遍歴で、ずっと小島さんがどんな人か知りたいと思ってたんです。

小島　僕はただの文句たれのおっさんですけどね（笑）。東京で生まれて、3歳くらいの時に関西へ行きまして。

星野　コナミに入社したのは何歳の時ですか？

小島　23歳です。

星野　大学を卒業して？

小島　はい、もともと映画を撮りたかったんですけど、なかなか撮れなくて。それで当時ファミコンが流行っていて、今みたいにゲーム業界の世間的地位もなかったですし、まあ今もないですけど、周りが反対する中でゲーム業界に入ったんです。映画でなくてもいいから、もの創りがしたいなと。そうしたら自分と似たような人がいっぱいいたんですね。CD1枚出しただけで終わったミュージシャンとか、プレ連載はやったけど体を壊して駄目になった漫画家とか。夢はあるけど実績のない人たちがいっぱいいて。それまで僕は一人で小説を書いたりしてたんですけど、そういう集団は初めてだったし、仲間が増えてこれはいいなと思って、それでがむしゃらにやりましたね。

星野　最初が『メタルギア』ですか？

小島　そうですね。

星野　『メタルギア』はどういう経緯でできあがったんですか？

小島　入社した当初はＭＳＸというハード機の部署に配属されたんですけど、僕らみたいな企画者は休みがないんです。先輩たちは3か月に1本くらい企画を上げていて。

星野　量産してたんですね。

小島　5人くらいですもん、うちのチーム。

星野　そんなに少なかったんですか？

小島　そう。それで僕がプランナーとして1本任された作品があったんですけど、これがボツになりまして。

星野　どうしてボツになったんですか？

小島　僕とチームリーダー以外は全部新人だったんです、そのチーム。作り方を教わってないから容量計算すらできない。そのくせ野望ばかり大きいから、デモだけで1ＭＢまでいったりするんです。

星野　当時、ＭＳＸよりハイスペックだったファミコンのソフトでも最大1ＭＢくらいの容量ですもんね。

小島　こっちは一生懸命作ってたんですけど、こんなの終わらないだろうって言われてボツですよ。だいぶ落ち込みましてね。みんなからはいろいろ言われて。

星野 そうだったんですか。

小島 売れる作品はけっこう売れるので、そういう人はボーナス貰えるわけですよ。でも僕が一緒のチームになるとボツになってボーナスが貰えないって。毎日顔見たら言われるんです。ずっとそんなんでしたよ。

星野 ええー。

小島 仕方ないですよね、それは。1本ボツってますし。しかも「見たこともないようなゲームを創るぞっ」て言って、「お前、頭大丈夫か」と。誰も話を聞いてくれないんです。それでずっと泊まり込みで仕様書を書いてましたけど。こんな話してたら駄目ですかね？（笑）。

星野 ははは！ いやいや、大丈夫です。

小島 その時、先輩たちが何人やっても駄目な企画があって、最後の僕に回ってきて創ったのが『メタルギア』だったんです。

星野 へえー！ 言い方は悪いですけど、押し付けられた的なものだったんですね。

小島 そうなんです。これまで20数年やってきて、自分からでなく、会社から指示されて創ったのはそれだけですけどね。当時、アーケードゲームではコンバット（戦争）ものが流行っていたので、ああいうものをＭＳＸで創れば売れるんじゃないかと。

星野　じゃあコンバットものということは決まっていたんですね。

小島　それだけですよ。でもMSXはハードのテクノロジー的に無理なんです。16色しか使えなかったり、敵も2人までしか出せなかったりして。それに僕の両親は空襲や終戦を経験しているので、最初は戦争をモチーフにした作品を創ることに抵抗があったんです。

星野　ああ、なるほど。

小島　だから映画『大脱走』（ジョン・スタージェス監督）みたいにただ逃げるゲームを創ろうとしたんですけど、そんなんアホかと。それならまた逆転の発想で、単独で敵地に潜入して、敵に見つからないように諜報活動をしながら、最終的なミッションをクリアして一人で帰還したらかっこいいんじゃないかって。

星野　かっこいいですね。

小島　映画『ナバロンの要塞』（J・リー・トンプソン監督）は6人で特殊部隊を結成しますけど、6人もキャラクターがいたら敵が一人も出せないので（笑）、単独潜入部隊という設定にして、そのかわり無線機でサポートすることにしたんです。そうやって創ったのが『メタルギア』です。あのオファーがなければできてなかったかもしれないですよね。

星野　『メタルギア』にはそういった創意工夫がいっぱい詰まっていますよね。

小島　あの頃は今みたいに本をたっぷり読んだり、海外へ行ったりして取材する時間がなかったんです。ネットもなかったでしょう？　でも1週間くらいで仕様書を書かないといけなくて、何も資料がなくて創れるものって言うと、普段から自分がよく知ってる世界だったんです。冒険小説が好きだったし、SF少年でもあったので、その辺の自分に一番近い世界を創ったというか。ほとんど趣味で創ったようなもんです。

星野　『メタルギア』が他のゲームと全然違うのは笑いがあるところだと思います。

小島　僕らの世代って海外のものの影響が強かったんですね。音楽とか映画とか。

星野　海外のものがよしとされる流れがありましたよね。

小島　そういうものに触れてきて、イギリスにはイギリスのユーモアがあるし、アメリカにはアメリカのユーモアがあって、人間の魅力の中で一番ユーモアが大事だと思ったんです。関西ではけっこうそういうのがあるんですよ。頭の良し悪しより、結局はおもろいかおもろくないかっていう。海外でも家柄や学歴と同じようにユーモアセンスが重視されますよね。それをゲームで表現したかったんです。

星野　なるほど。

小島　それから敵に見付からないようにずっと息を殺しているゲームなので、緊張の糸を緩めてあげないとなって。だからベタなものもあるんですけど、わりと意図的に入れてるんです。ヒッチコックもやってましたよね、ホラー映画にわざとユーモアを入れるっていう。『フレンジー』（アルフレッド・ヒッチコック監督）という映画の中で、死体の指をポキッと折る凄くエグいシーンがあるんです。でも後のシーンになるとおばさんがパンをポキッと折って食べてる。そういうブラックなユーモアもゲームに入れたいなと。

星野　ほんと細かいところまで面白いですよね。タバコを装備したらどんどんライフが減っていったりとか。

小島　タバコを吸うのは命がけですからね（笑）。

星野　「なんじゃそれ！」って笑うんですよ。でもシリーズを通してタバコがなくならないところに愛を感じるし、でも害はあるっていうユーモアもあって。例えば、映画だとその後ろに作った人の顔がうっすら浮かぶようなものが凄く好きなんですけど、『メタルギア』シリーズには小島さんの顔が浮かんで見えるんですね。

小島　ゲームはインタラクティブじゃないですか。サービス業だと思うので、そこがアートと違うんです。バナナを描いて「リンゴ」と名付けるのがアートだとすると、100人中一人がリンゴだと思ってくれればそれでいい。でもゲームは、100人中100

人にリンゴだと思ってもらわないといけないでしょう？　年齢や性別に関係なく、均等にサービスした上でサービスの仕方に個性を出すという。

星野　小島さんの場合、その作家性がユーモアっていうところにグッと来ますよね。だからこそずっと愛されてるんじゃないかなと思うんです。もうファンの皆さんにはおなじみ過ぎて、いまさら話題に出すことじゃないんだと思うんですけど、『メタルギアソリッド』の途中で画面が真っ黒になるところなんて本当にびっくりして。画面の右上に「ビデオ（VIDEO）」って表示されていて、故障か!?　ってよく見たら「ヒデオ（HIDEO）」でゲラゲラ笑うとか（笑）。リアルタイムでなく、大人になってから後追いでやった自分でもわしづかみにされました。こんなに笑っちゃうのってなかなかないなと思って。あと中ボスのサイコマンティスに趣味を当てられたりとか。

小島　コントローラーが念力で動きだしたりね。

星野　コントローラーを床に置けって言われて、置いたらブルルルッて（笑）。

小島　大変だったんですよ、あれ。プレイステーションの取説に「床に置かないでください」っていう規定があるんです。

星野　そういうのがあるんですか（笑）。

小島　だからソニー・コンピュータエンタテインメントの社長だった久夛良木（健）さん

のところまで行ってプレゼンしたわけですよ、面白おかしく（笑）。そうしたら久夛良木さんが爆笑したんで「じゃあオッケーですよね？」って。

星野　素晴らしいですね。爆笑プレゼンも含め。

小島　業界初とか、そういうのが大好きなんです。誰もやっていないということは、本当にできないか、それともできないと思い込んでいるか。

星野　うんうん。

小島　その思い込みを変えたいんですね。

星野　下痢でウンコ漏れそうなキャラクターって他ではなかなか見ないですもんね。

小島　はい、ジョニーですね。でも、そういうのって仕様書に書いておいてもプログラマーが創ってくれないんですよ。冗談やと思うらしくて。

星野　そういうときは冗談じゃねえぞってことになるんですか？

小島　今はもう定番になってますけど、最初の頃は会議で話して、仕様書にも書いてあるのに創ってくれない。どうなってるのかって聞くと、「あれマジですか？」って言われるんです。「アホ、あれが一番マジなんや！」って。

星野　ははは！　名言ですね、「あれが一番マジなんや」って。

小島　昔と違ってだいぶコストが掛かるので、途中でごまかされた仕様がけっこうありますね。

星野 まだまだ実現できてないことがあるんですね。

小島 ありますよ。『メタルギア ソリッド2』のプラントのところで、兵士が立ちションをするじゃないですか?

星野 はい(笑)。

小島 前を開けるモーションをして。ところがもう一回そこへ行くと、今度は兵士がお尻を突き出すんです。「まさかモノが降ってくるのか!」と思って身構えていると、プーッて音がして終わるという(笑)。

星野 ははは!

小島 これはなんぼ言っても創ってくれなかった。モーションと効果音だけで大丈夫なのに。

星野 そうやって、他のゲームならザコキャラと言われるようなキャラクターにも人間味があるから、やっぱり簡単には殺せないですよね。

小島 戦場なので、普通は出会ったらすぐに殺し合いをするわけじゃないですか。でも向こう側に一歩踏み込むとそいつの世界があって、その世界をずっと辿っていくとどこかで自分と近いところにつながってるんですよね。そいつの親の友だちが自分の友だちの親でとか。そういうことは意識してもらいたいなって。

星野 いいですね。壮大なのに下ネタもあって人間味を感じるし、戦場とはいえ相手にも人生があってつながってるんだと思うと、ゲームの楽しみ方が変わってきますよね。しかも偽善みたいなことじゃなく、兵器も戦地の状況も調べまくって、現地へ行って体験もされてるじゃないですか？ そこまでしようと思うのはなぜなんですか？

小島 テーマとして扱ってるのが人と人との争いなので、適当にはできないじゃないですか。人が命を張ってることですから。それで紛争が起きているような場所へ行ったり、一応訓練もしたりして、実際に起きているものを見るんですね。知らずに創ったものと、そこで見て、エンターテイメントとしてどうすればいいかを考えて創ったものはまったく違うと思うので。ＭＳＸの頃はできなかったんですけど、『メタルギア ソリッド』以降は自分がプロデューサーになったのでやるようにしてます。

星野 小島さんのようにプロデューサーと監督を兼務する人ってよくいるんですか？

小島 いや、いないですね。本来は予算とか発売日とか他のことをいっさい考えず、ゲームデザインとディレクションだけに注力して作品を創るのが一番いいと思うんです。でもそれだとどれくらい掛けてどれくらい儲けたらいいのかがわからないわけですよね。自分で財布を持って、自分の力量で分配して、どれだけお金を使えるか自分で把握しておく。ハリウッドの有名なグラフィックデザイナー、カイル・クーパーにオープニング映像を依頼できるのは、自分がプロデューサーも務めてるからなんです。僕は他のクリエイターにも同じやり方をオススメしてます。自分の才能を引き出してくれる凄いプロデューサーがいればいいんですけど、なかなかいないので自分でやった方がいいんじゃないかって。

星野　その分、精神的な負荷みたいなものも大きいですよね。

小島　1本だけなら大変じゃないんですけどね。『メタルギア ソリッド』の時は自分でプロデューサーもやって、会社（株式会社コナミコンピュータエンタテインメントジャパン。後にコナミ株式会社に統合）を作って上場もしたので、そうなると株主さんの資金を預かってる以上、利益率を上げていかないといけないんです。すると1本だけってわけにはいかないので他のラインも作らないといけない。これがしんどいんです。プロデュース作品をたくさん手掛けながら、クリエイターとして自分の作品も創ることになるので。これはあんまりオススメできませんね。

星野　ものすごく大変そうです。

小島　例えば映画監督でも、原作を誰かが買ってきて、脚本も書かせて、キャスティングが済んだ後で自分は現場へ行って撮るだけっていう人が多いですよね。でも僕はプリプロもキャスティングも自分でして、当然現場もやって、トレーラーの編集までやりたいんです。

星野 そこまで自分でやって、疲れた時はどうするんですか？

小島 疲れた時は怒るのが一番いいですね。

星野 怒る？

小島 「政治家ちゃんとせい！」とか、「いじめするな！」とか。世の中腹の立つことばかりじゃないですか。テレビつけても腹立つことばかり言ってますから。僕の場合、愚痴じゃなくてぼやきですけどね。しんどいとか眠いとか言うのは愚痴なんです。未来のためにこうしたいという気持ちがあって、それを口にすればけっこう元気が出てきますよ。まだがんばれるみたいな。

星野 自分のことじゃなくて、外へ向けて怒るんですね。

小島 あとは本を読んだり、映画を観たりとかですかね。いい作品っていっぱいあるじゃないですか。例えば映画を観ていても、天才みたいな人がいっぱいいますよね。そういう出会いがあった時、こんなに凄いやつがいるんだったらがんばろうって思うんです。

星野 雑誌で映画評やエッセイも連載されてましたけど、それだけ本を読んで映画も観て、いつ寝てるんですか？

小島 毎日普通に寝てますけどね。肉体的にはもう年も年なのでしんどいですけど、本読んだり映画観たりするのは苦じゃないので。むしろ読まないと死んでしまうくらいの感覚ですから。

星野 じゃあそこから吸収してるんですね。

小島 この世の中にあるものはみんな見たいですよね。だから本屋に行くと落ち込みます。これだけ本があるのに1%も読むことなく死んでいくのかって。その焦りは非常にありますね。まだ体験してないことがたくさんあるのに、死んでいいのか、俺って。

星野 ははは！

小島 やっぱり世の中のことは全部体験してから死にたいでしょう？

星野 それはありますね。

小島 作家たるもの、何も知らずに偉そうなことを言うのもなんかなと。あともの創りする人は人間の身長で見てたらアカンと思うんですよね。普通の人には見えない位置からものを見て、それを伝えるのが僕らの仕事だと思うので、普通に真面目に生きてていいのかなとも思いますけど。

星野 確かに。悪いこともしなきゃとは凄く思います、できる範囲で。本当にくだらなくて申し訳ないんですけど、僕は３Ｐがしてみたくて。

小島　ほう、３Ｐ。

星野　なかなかする機会なんてないじゃないですか。

小島　それ、人数的には——。

星野　配分ですか？　それはやっぱり女、女、男なんですけど。

小島　でもその上は男、男、女でしょう？

星野　え？

小島　女、女、男でやったとして、物足らんなと思ったら次はそうなるでしょう（笑）。飲んでたら、隣のテーブルにいたやつが「３Ｐやったんか？　配分は？」って話してて、「女、女、男」って言ったら「ああ、甘いな」って。へこみますよね。３人男っていうのがその隣にまたいたりして。

星野　はははは！　そこ、凄い飲み屋ですね！

小島　すいませんって言うしかないじゃないですか。

星野　小島さん、恐ろしいです（笑）。

小島　本当ですか？　うれしいですね。恐ろしいって一番のほめ言葉ですから。恐れ多いってことですからね。

星野　その通りですね。小島さんには過剰なくらいのサービス精神を感じます。
小島　もっともっとありますけどね。
星野　どうしてそこまでって思うんですけど。
小島　サービス業ですからね。大阪人ってそういうところあると思うんです。
星野　商人的なところですか？
小島　やっぱり人を喜ばせたり驚かせたりするのが好きで。『メタルギア ソリッド4』で、『1』の舞台だったシャドー・モセス島に行くんですけど、ある場所で『1』のセリフが聞こえてくるという幻聴システムを考えたんです（笑）。
星野　素晴らしいですよね。ホントうれしかったですもん、セリフが聞こえてきた時。それでまた感情移入していくじゃないですか。
小島　『1』をやっていた時の自分に戻って、主人公のスネークと自分を重ねてほしかったんですね。『4』ではもうジジイになっているスネークに。あと仕掛けの一つとして特定の場所で心霊写真が撮れるんですけど、『1』の時にそれで『FRIDAY』に載ったんです、見開きで。
星野　ははは！　そういうことはゲームでしかできないことですよね。『メタルギア』シリーズはよく映画的だって言われるじゃないですか？　でも自分は映画以上の感動があると思うんです。映画は観るだけだけど、ゲームはその中に自分が入っているような感覚で感動できるので。

小島　よく勘違いされるんですよね。たしかに映画はすごく好きだけど、映画とゲームは違うんです。映画で学んだことをゲームに投影する場合はあるけど、でもゲームにしかできないことがある。そこが重要だと思います。

（2012年7月20日収録）

星野源 × 三木聡

みき・さとし｜映画監督・演出家。1961年神奈川県生まれ。80年代から『タモリ倶楽部』（テレビ朝日）、『ダウンタウンのごっつええ感じ』『笑う犬の冒険』『TV's HIGH』『トリビアの泉』（以上、フジテレビ）などのテレビ番組に放送作家として関わり、「シティボーイズ・ライブ」の作・演出を2000年まで手掛ける。2000年に『シティボーイズ・ライブ短編映画「まぬけの殻」』を監督。'05年『イン・ザ・プール』で長編映画初監督を果たした。'02年に撮影し、本来は初長編作になる予定だった『ダメジン』は、数々のトラブルを経て'06年に公開。これまでの監督作は『亀は意外と速く泳ぐ』『図鑑に載ってない虫』『転々』『インスタント沼』『俺俺』。また、作・演出を手掛けた'06年放映のドラマ『時効警察』、翌年の『帰ってきた時効警察』（共にテレビ朝日）が大ヒットを記録。『熱海の捜査官』（テレビ朝日）、『変身インタビュアーの憂鬱』（TBS）でも作・演出を担当した。

星野 最初に三木さんを知ったのは、小学生の頃、テレビで観たシティボーイズのコントライブでなんです。そのカーテンコールで演出の三木さんが出てきて、この人が三木さんなんだって。

三木 あ、すいません（笑）。

星野 その後、演劇を始めてから小劇場を観るようになって、ビシバシステムと中村有志さんがやっていた「ヘビナ！演術協会」で実際に生で三木さんの作品を見るようになりました。『TV's HIGH』（フジテレビ）もやられてましたよね。

三木 はい、やってました。他の作家が宮藤官九郎さんに鈴木おさむさん、木村祐一さんっていう豪華な番組でしたよね。

星野 『笑う犬の冒険』（フジテレビ）もそうですよね？

三木 ええ、後半だけですけど。だいたい番組が傾き始めると、新しい視点が欲しいと言ってテコ入れに呼ばれるんです。だからその頃には番組の寿命がもう尽きてる（笑）。そういうことが多いんです。

星野 いやいや（笑）。映画『ダメジン』、大好きです。

三木 ありがとうございます。今ではあり得ない映画ですよね。猫を焼いて食べるところから始まるんだから。当時、映画製作バブルだったんで、内容は何でもよかったんです（笑）。その代わりプロデューサーが途中で逮捕されたり、いろんなことが起きて大変でしたけど。撮影が終わった後、警察から「フィルムを見せてくれ」っていう電話が掛かってきたことがあるんです。撮影現場で殺人事件が起きたので、フィルムに映ってる車のナンバープレートを確認したいって。

星野 えー！

三木 ろくでもない映画を作るから、そういうことが起きるんですよ。

星野 ははは。でも、三木さんの映画にはくだらないギャグがたくさん入ってますけど、観終わって残るのは愛じゃないかっていつも思うんです。

三木 いいえ、そんなにいいもんじゃないですけど。たぶん誰かがいなくなって終わるものが多いからでしょうね。大好きだった西部劇の影響だと思うんですけど、『シェーン』（ジョージ・スティーヴンス監督）と一緒で、人がいなくなると切なく感じるじゃないですか。後から考えると、『亀は意外と速く泳ぐ』も同じ構造ですからね。敏感な方はそれを愛だと解釈してくださるんだろうなって。誰かがいなくなるとか、その場がなくなってしまうとか、そういうことは西部劇の影響だと思うんですけど。

星野 西部劇はどんなのが好きなんですか？

三木 『夕陽のガンマン』や『続・夕陽のガンマン』（共にセルジオ・レオーネ監督）は好

きですよね。世代的に西部劇が流行ってた時代なんです。マカロニウェスタンの前の正統派な西部劇と、『西部二人組』（NHK総合）っていう西部劇ドラマと、そういうものが大好きで観てたんですね。後にマカロニウェスタンが出てきて、それが『必殺仕事人』（テレビ朝日）なんかにつながっていくんですけど。そういうことが影響してるんじゃないかと思います。

星野　シティボーイズのコントで、馬とはぐれたカウボーイが集団からはぐれた阿波踊りの踊り手と出会うっていうのがありましたよね。あれも西部劇の影響ですか？

三木　たぶん西部劇みたいなものをやろうっていう話から始まって、稽古場でくだらないことを話してるうちにそんなことになったんだと思います。

星野　あのコント、録画したVHSのテープがびろびろに伸びるくらい何度も観ました（笑）。三木さんがこの職業に就いたきっかけって何だったんですか？

三木　最初は大学の掲示版に放送作家の事務所の求人があって、それを見た友だちが「一人で行きたくないから付き合え」って言うから、付き合いで一緒に面接に行ったんですよね。結果、友だちが落ちて俺だけ受かった。どうしようもないアイドルのエピソードみたいですけどね。ちょうどバブルの頃で、他の会社の就職試験を受けるのも面倒だったから、その事務所にバイトとして入ったんです。数年後に事務所はやめたんだけど、仕事はそのままやり続けた。結局、長いバイトみたいなもので。言わば一番長続きしてるバイトですよね。

星野 就職したつもりはないと。

三木 ずっと辞めそびれてるんです（笑）。映画監督を志したこともないし、放送作家なんて仕事も知らなかった。その後、竹中直人さんがラジオ番組を始める時、若いコント作家を使おうって言って僕たちが呼ばれたんです。高橋洋二さんや何人かと、宮沢章夫さんがチーフで。それがわりとこっち方面の最初の仕事ですね。ほんとなりゆきです。

星野 ただ、なりゆきとはいえ適当にできるわけじゃ……そんなこともないですか？

三木 適当だったと思いますね（笑）。幸いなことに「出くわす運」だけはあるんですよ。大事な局面で重要な人に出会う遭遇運が。

星野 それがいろんな仕事につながっていったんですね。コントはそこから書き始めたんですか？

三木 そうです。ただ、ドリフ全盛期に育ったので、小さい頃に学校のお楽しみ会でコントを書いてた記憶はあります。だっさいコントですけどね、シャツが破けて爆発するような。そういうことが関係してるのかもしれません。

星野　曲を提供したことがきっかけで、バナナマンライブを観に行かせてもらう機会が多いんですけど、バナナマンのお二人を始め、今の芸人さんたちは三木さんの影響を受けてる人が多いですよね。三木さんが就いていた時代のシティボーイズの影響を感じる作風というか。

三木　シティボーイズとかいとうせいこうさんとか、周りに芸達者な人たちが多かったですからね。影響があったとすれば、お笑いの公演を「ライブ」と言い始めたことくらいですよ。もともとシティボーイズ・ショーと題してやっていたのを、シティボーイズ・ライブと称するようになって。それまでコントをライブって言うことはあまりなかった気がしますよね。

星野　三木さんの笑いには、いつも何か不穏なものが入り込んできますよね。人間の明暗を同時に見せられているような。それってどこから生まれたものなんですか？

三木　ラジカル・ガジベリビンバ・システムや宮沢さんがやってきたことの延長線上だったんだと思います。パプアニューギニアに背中を傷つけてワニの鱗みたいにする民族がいるんですけど、シティボーイズの舞台『ワニの民』をやった時、そのつながりで近代民俗学の権威、レヴィ=ストロースの一節を初めに引用したりしたんです。

星野　へえー。

三木　あくまで後から出てきたキーワードなんだけど、それは無意識下に「ワニ」というキーワードが入ってたってことですよね。結局、意識して作るだけでなく、無意識の底に何があるかを探さなければ面白くない。そういうことを感じ始めたのが『ワニの民』とか『鍵のないトイレ』とかをやっていた頃なんです。今も変わらないですけど。

星野　例えばアルバムのために曲を書いていると、その時は締め切りがあるのでバーッと作ってるんですけど、曲を並べて一つのアルバムにした時に急にテーマが見えてくる時があるんです。偶然にも思えるけど、無意識に感じてたようなことがはっきりと浮かんできたりして。それと似てるんですかね。

三木　だと思います。でも僕はインチキだから、最後にテーマらしきものを構築してくっつけたりして。

星野　あ、それ自分もやります（笑）。タイトルをつけることで、そこにテーマをグッと寄せるんですよね。

三木　この間、「夢の外へ」を拝聴しましたけど、あれはポップな曲のわりに異常な内容ですよね。

星野　気付いてもらえて嬉しいです。あの曲はいろんな要素が混じってて、ひとつは寺坂（直毅）くんという放送作家の友だちのことを歌ってるんです。彼は僕と同い年で童貞なんですけど、「童貞は30歳過ぎると魔法使いになれる」と言っていて、なぜかって聞くと「夢の中でいつでも好きな人を抱けるから」って答えるんですね。この間も「さおりを抱きました」と。彼は由紀さおりさんと黒柳徹子さんが大好きなんです（笑）。でも自分に置き換えたら、夢や虚構の世界も好きだけどやっぱり夢の中だけじゃ満足できないだろうなって、「夢の中の由紀さおりを外に出そうぜ」っていう気持ちであいう曲になったんです。

三木 だから異常な感じがあるんですね。

星野 はい（笑）。でもしっかりとポップなものが好きなので。音楽だけじゃなく、コントでも何でも、ポピュラーさの奥に何かあるんじゃないかって思わせてくれるものが好きです。『鍵のないトイレ』の「瓶蓋ジャム」のコントが凄く好きなんですけど、あれってどこか哲学の匂いがするじゃないですか。

三木 瓶の蓋についたジャムだけをこそいだのが瓶蓋ジャムで、それを集めると普通のジャムになるっていう（笑）。その不条理な感じがやりたかったんですよね。

星野 ギャグの中にも、千原ジュニアさんのトークみたいにほーって感心する笑いと、レッド吉田さんみたいによくわからないけど笑ってしまうギャグの二つがある気がするんです。三木さんにはそのどっちの要素もありますよね。

三木　人間には意味がわからないものに対して、意味を埋めようとする意味本能があるんです。『熱海の捜査官』（テレビ朝日）はそういうことを面白がって作ったドラマなんですよね。意味不明な二つのものを提示された時、観る側がどう意味を付けるのかって。この間、家の前を10歳くらいの女の子とお父さんが歩いていて、通り過ぎる瞬間に女の子が「パパの家ってこの辺なの？」って聞いたんです。

星野　おおおお（笑）。

三木　すると、それまで俺が見ていた親子の関係がガラッと変わるじゃないですか。

星野　別の世界が一気にブワッと広がりますよね。

三木　それは日常を一変させる一言だったわけです。意味本能的に「たぶんこういうことだろう」って物事を見てるんだけど、実際にはもっと深い事情が存在していたりする。そういうことが面白いなと思う時がありますよね。大事なのはその一言を見付けられるかどうかなんだろうなと。なかなか思い付かないですけど。

星野　これはちょっと関係ない話かもしれないですけど、シティボーイズのコントで斉木（しげる）さんが「みなさんは頭の中でバーンという音が聞こえたことはありますか？」って何の脈絡もなく言うじゃないですか。

三木　あれは普通に日常会話をしている中で本当に斉木さんが言ったことなんです。そんな経験ないよって話なんですけど。

星野 自分は実際にそういうことがよくあって（笑）。それで斉木さんに凄い衝撃を受けたんです。その一言が入ってくることによって妙に哲学的で、舞台全体がグッと深まる感じもあって。

三木 なんか関連があるんじゃないかと思ってしまうんですよね、人間は。

星野 歌って1番と2番があってとか、同じメロディをくり返してとか、そうやっていろいろと制限がある中、短い言葉でどれだけイメージを広げられるかが楽しいんです。「老夫婦」という曲は、おじいさんがもういないおばあさんの好きだった場所へ行く歌なんですけど、最後に「ボケたふりしただけさ」っていう唐突な言葉を置くことで世界を広げようとしていて。

三木 そうやって別の世界があることを感じさせてくれる言葉って面白いですよね。アキ・カウリスマキという大好きな監督の『マッチ工場の少女』で、ずっと酷い目に遭い続けた主人公が、最後にお父さんとお母さんを殺そうと思って薬屋で猫いらずを買うんです。すると薬屋のおじさんが「大きい方と小さい方とどちらにしますか？」って聞くんですよね。主人公は「大きい方」って答えるんだけど、人を殺す気でもなければ大きい方なんていらないじゃないですか。その一言で一気に世界がひっくり返る感じがあるんです。音楽にもそういう意味での強さがありますよね。一瞬で世界を逆転させる強さというか。舞台や映画ってえんえんやって結局それかよみたいなところがあるけど、音楽はボンッと伝わってしまう。

星野　自分は映画や舞台の世界の方が強いというか、そこには音楽より人生を変える力があると思ってます。一曲で人生が変わるかと言ったら、ちょっとそこまでは行かないような気がしていて。『ダメジン』の最後で「人生早く終わんないもんかね」って言われた時、何とも言えない感情を抱くじゃないですか。そこまでに起きたいろんなことをその一言で片付けられると、じゃあ今観てきた2時間は何だったんだと思いつつ、本当のことを言われたような気がして感動したんです。

三木　長い時間を掛けて観た分だけ、一気に裏返る感じがあるのかもしれませんね。カルロス・カスタネダという人類学者がいるんですけど、彼は師匠から「この空間の中にお前の居場所を見つけろ」って言われたらしいんです。それで、「ここですか?」「違う」というやりとりを一晩中続けて、最後に疲れ果てて座った時、「そこがお前の居場所だ」と言われたっていう(笑)。それも一気に裏返る気がしますよね。すごくバカバカしいですけど。

星野　そうですね(笑)。ちなみに三木さんは脚本を手で書きますか?　パソコンで書きますか？

三木　パソコンです。ずっと手書きだったんですけど、構成を考える時に箱書きを並べて、えんえんと入れ替える作業をするので、パソコンの方がやりやすいんですね。そこで何らかの構造が見付からないと書けないんです。

星野　書くのにどれくらい掛かりますか？

三木　僕はけっこう遅くて3か月くらい掛かりますね。キャストが見えてきたら、さらにそこから当て書きに近い形に直していって、何だかんだやっていくと半年掛かっちゃいます。

星野　現場で変えていったりはするんですか？

三木　いや、現場で変えることはどちらかと言うと少ない方じゃないですかね。最近の何作かはまず絵コンテがあって、カットを決めてから現場に臨むんです。『俺俺』はほぼ全シーン、自分で絵コンテを描いたので大変でした。『熱海の捜査官』も一人で絵コンテを描いて、一人で監督してっていうことをしていたので、毎日2時間睡眠みたいな。今日の分を撮って、翌日の現場に先乗りして、場所を見て絵コンテを起こすっていうことを4か月くらいずっとやってたんです。きつかったですね。連ドラでコンテを書くことなんてあんまないんですよ。

星野　お話を聞いてると凄く真面目な方ですよね。求道者みたいなイメージもあるし。
三木　いや、そんなことないですよ。長いバイトなんで。
星野　凄く過酷なバイトだと思います（笑）。
三木　普通のバイトの方が時給よかったかもしれませんよね。
星野　ははは。撮ってから組み替えたりはするんですか？
三木　あんまりやらないです。基本は絵コンテ通りにつないでいきますね。一度決めた構成はないがしろにしない方がいいと思っていて、決めたラインに沿って作っていくことが多いかもしれません。
星野　脚本の段階でいろんな組み替えを試してるんですもんね。
三木　その段階で編集までしちゃってる感覚ですね。最初は長めに書いて、それをだいたい120分くらいの尺に収めようとすると、いらない理屈やぐだぐだした前振りが削られていくんです。その時、何を省略するかでセンスが問われると思いますね。音楽も何時間と歌うわけじゃないから、思いの中のどこを際立たせていくか、構成と省略のセンスが問われるじゃないですか。2時間そのまま映すなら演劇でいいわけだし、映画は省略することによってメディアとして成り立ってる気がするんです。
星野　省略することでさらに面白くなることもありますしね。

三木　そういうことにある時、誰かが気付いたんだと思います。これは、受け売りですけど、音楽で言うと、ある時までアルバムってコンサートの代用品だったわけじゃないですか。ところがビートルズが『サージェント・ペパーズ・ロンリー・ハーツ・クラブ・バンド』で、コンサートでは再現できないアルバムを作り出すんですね。それでみんな「コンサートの代用品じゃなくていいんだ」って気付いて。

星野　ああ、なるほど。

三木　メディアって案外そういう気付きによって進化してるんだなと思います。テクニカルな面に左右されてる部分もあるし。テレビで隠しカメラの映像が増えていったのもカメラが小型化していった背景があるし、印象派の絵画が生まれたのは、チューブ型の絵の具が発明されて画家が外で絵を描けるようになったからって言うじゃないですか。

星野　音楽の歴史でも、レコーダーのチャンネル数がどんどん増えていって、その過程が重要だったりしますよね。

三木　アナログシンセがデジタルになったりとか。

星野　はい。あ、三木さんが撮影するカメラはフィルムですか、デジタルですか？

三木　僕の場合、『ダメジン』以外は全部デジタルです。『ダメジン』がスーパー16で、

『亀は意外と速く泳ぐ』がミニDVですね。ちょうど『亀』と同じ時期に園（子温）さんが『紀子の食卓』を撮っていて、確か同じカメラを使ってたんだけど、園さんはシネレンズをくっ付けてより映画寄りの表現をしようとしてたんです。うちらはその頃、「銀残し」という発色の暗い映画が流行っていたので、反対に明るいきれいな映画を作ろうって。それで発色がより出るようにパナソニックでカメラをいじってもらったんですね。『イン・ザ・プール』はシネアルタで。

星野　シネアルタってどんなものですか？

三木　ソニーのハイビジョンカメラです。岩井俊二監督が『リリイ・シュシュのすべて』の時に使ったのがシネアルタで、わりと今多いですよね。『俺俺』はレッドで撮影しましたけど、レッドはオークリーというサングラスメーカーの創業者が会社を売却して、その後開発したデジタルビデオカメラなんです。

星野　へえー。勉強になります。

三木　レッドを使う人も最近増えましたね。

星野　確かにテクノロジーの変化によって作品自体も変わっていきますよね。

三木　きっと映画も変わっていくはずなんです。今、誰でも撮れるじゃないですか。専門学校の学生でも、下手したらこっちの撮影機材より立派だっていうことがあって、「何でうちらにないんだ」って話になるんですけど（笑）。演劇で言うと、80年代に小劇場ブームが起きて芝居が変わったのと同じことが映像でも起こるんでしょうね。別にプロが作る必要はないんだって。例えば絵でも、誰もが簡単にできないってことがステイタスみたいになってるじゃないですか。芸大で油絵が一番偉いみたいな。そういう微妙なヒエラルキーって何なんでしょうね。先端にいる人はそういうことから芸術を解放しようとしてるんだけど、相変わらず絵の上手い人が偉いっていう価値観もあって。

星野　でもそういうことに関係なく、いいものはいいんだと。

三木　音楽はそうじゃないですか。バカテクだから偉いとか、そういうことじゃなくていいんじゃないかって。もちろん超絶テクニックも凄いけど、それだけじゃないだろうっていうことですよね。

星野　そうですね。下手でも感動する歌なんて山ほどありますもんね。上手いが一番とか、超絶テクニックが一番ってことを突き詰めていってしまうと、日本の音楽界では結局口《くち》パクに辿り着いちゃうんだと思います。口《くち》パクほど音楽的じゃないものはないし、下手でもいいから生の声を聞きたいなあと思いますね。三木さんは編集ってどうされてるんですか？

三木　編集マンに入ってもらいます。撮影後、1週間くらい素材を編集マンに預けて、編集マンは絵コンテと脚本をもとにそれをつないで、後で僕がそれを修正する形です。ゼロからつなぐっていうことはあんまりないですね。いったん客観的な目がほしいので。

星野　今、客観性について悩んでいて、音楽は自分でプロデュースもするんですけど、自分の声が乗った曲を客観的にとらえるのが難しくて。三木さんは自分が作った作品を客観的に見ることってできますか？

三木　映画はあまり入り込んで見ないかもしれません。「ヘビナ！」をやってた時の目標が、主観的な芝居と客観的な芝居を自由に使い分けることだったんです。やっぱり主観の強さってあるんですね。入り込んで演じる強さは、ボケという意味でもやっぱり強いんです。でも客観性がないと笑いにできない。その主観と客観の行き来が、「ヘビナ！」の時に探っていた方法論なんです。結局、それが僕の物語作りの基本になってたりするんですね。

星野　じゃあそこまで客観的にならなくてもいいんですね。

三木　だと思いますよ。主観と客観を自由に出入りさせられることが、表現者の自由なんじゃないかって。そのスイッチの切り替えが速いほどグルーヴが出てくるんですよね。

なかなかその域には達しませんけど。

星野 運動神経も関係あるんですか?

三木 あると思いますけどね。大事なのは反射神経と位置関係をつかむ身体能力なんじゃないかって。映画ならフレームの中で自分の立ち位置をどう決められるかっていうことですよね。『俺俺』の亀梨(和也)くんは身体能力が抜群に優れてたんです。同じことを何度くり返しても正確で。例えば今、星野さんと僕は向かい合って座ってるじゃないですか。でも座る位置を変えたら、また一から関係性を構築しないといけない。映画を撮っていて何か上手くいかないなと思う時は、位置関係を考え直しますね。舞台でもそれは一緒です。

星野 その位置関係をとらえることが客観性につながるっていうことですかね。

三木 ええ、監督は役者にどの位置にいた方がいいかってことを客観的に伝えるべきだし、その位置関係に対してはわりとデリケートでいた方がいいんじゃないかって。ウディ・アレンはその関係性を撮るのが凄く上手いんです。人と人との関係性って位置関係で決まることが多いんですよ。それを考えずに奇跡的にできてるのは斉木さんだけ(笑)。

星野 ははは!

三木　それが不確定要素として面白味になるっていうことを、斉木さん自身がどれだけ自覚してたのか疑問ですけどね。舞台で心臓のある方をお客さん側に向けるのは特別なことなので、舞台ではたいていは下手から出てくるんです。でも斉木さんは上手から出てくる（笑）。

星野　斉木さんとは2回共演したことがあるんですけど、2回とも休憩時間にずっと宇宙の話をされていて（笑）。それで本番になるとスッと入って、終わると一瞬で帰るんです。

三木　ほんとセリフを覚えないんですよね。最後に演出したシティボーイズの公演で、最終日が終わった後に怒ったんですよ、僕が。「なんでセリフを覚えないんですか！」って。もう翌日は公演がないんですけどね。その話を松尾（スズキ）さんにしたら、「それは人生に対するダメ出しだろう」って。

星野　はははははは！

三木　斉木さんに「セリフ通り言わないなら脚本書きませんよ！」って。岩松（了）さんは「映画は頂を見ながら進むけど、演劇は谷底を見ながら進む」って言ってましたけどね。本当に腹が立ちました、あの時は（笑）。

星野　最後にそんなことがあったんですね（笑）。

三木 映画も舞台も同じだと思いますけど、個人の表現欲を満たすために作ってるわけじゃないんですよね。監督だってそうです。表現欲を発散する場になったら悲劇が待っている。行き切れば、それはそれで面白いのかもしれないですけど。

星野 行き切ろうとする人が現場にいると歪みが生まれてきますよね。

三木 そこに対して客観的な指摘があればいいんだけど、みんながそれを良しとしてる現場って気持ち悪いじゃないですか。

星野 そうですね。現場でハプニングが起きるのは好きですか？

三木 役者やスタッフの勘違いや文脈の読み違えってあるじゃないですか。『イン・ザ・プール』の時、患者役のオダギリ（ジョー）くんが「いや、だって……」って尻込みするセリフを、「嫌だって！」って解釈したんです。読み違えなんだけど、その方が伝わるなと思ったからそっちを採用しましたけどね。人と一緒にモノを作るってことは誤解も含めた共同作業ですから。そういうことは楽しいです。音楽もそうじゃないですか？

星野 そうやって偶然生まれたものをちゃんとつかまえられるかどうかがポイントなんだと思います。レコーディング中に携帯電話が鳴って、それを取ろうとした時にギターに手が触れて、バーンと響いた開放弦がよかったからそれを入れようとか。

三木　そういうのは好きな方ですか？

星野　好きです。自分は音符が書けないので紙で構築できないんです。コード進行だけ決めて、イメージを曖昧な言葉で伝えてから、演奏してもらったものをつかまえていくのが好きなんです。

三木　音楽をやってる時は客観的なんですか？

星野　入り混じってるかもしれません。曲は無心で書いてることが多いんですけど、後からその無意識を意識的に広げたり、意識的に書いたもののすき間をでたらめな言葉で埋めたり、そういうことはしてますね。ライブは主観的になりすぎると酔ってるみたいで恥ずかしくなるので、なるべくブレーキ掛けて真っ直ぐ歌おうとか、お客さんの顔を見ようとか考えてます。でも冷静な気持ちだと楽しくないので、歌に集中する瞬間もあったり、それもいろいろ混ざってるかもしれません。

三木　前に淡谷のり子さんが「自分の気持ちをどう歌に乗せたらいいんでしょうか？」って若手の歌手に聞かれて、「あなたの気持ちなんかどうでもいいのよ」って言い切ってたんです。それより正確に歌いなさいって。あ、なるほどと思いました。気持ちが一番大事みたいに言われるけど、もともと曲の中に思いや伝えたいことが組み込まれてるんですよね。

星野　それ凄いです！　確かにそうですね。ちなみに三木さんが考えるいい役者ってどんな人ですか？

三木　正確にセリフと気持ちを落とせるタイプと、不確定要素は多いけど表現として時々面白いタイプ。その二つのアンサンブルがポイントですね。バンドで言えば、ベースとドラムにあたる正確な役者がいて、そこへソロギターやトランペットみたいにピーキーな役者をどう配置していくか。それは適材適所だったりします。

星野　なるほど。あ、そうだ！　最後に一つ聞いておきたいんですけど、なんで三木さんの映画にはトルエン中毒の人がよく出てくるんですか？

三木　それは昔、周りにトルエンやってる奴が多かったからですよ（笑）。トルエンやってる同級生が僕のいる駅のホームの向かい側にいて、電車が到着すると他の高校の奴らが１００人くらい降りてきて１対１００の喧嘩が始まるとか。そういう光景を目の当たりにしてきたから、よくトルエンが出てくるんです。

（２０１２年10月10日収録）

星野 源
×
小野坂昌也

おのさか・まさや｜声優。1964年大阪府生まれ。青二塾大阪校1期生を経てデビュー。当初からアニメ作品やゲームの声を担当しながら、『小4社会 くらし発見』(NHK教育)のおにいさんや『独占!! スポーツ情報』(日本テレビ)のキャスター、プロレスのリングアナウンサーなど幅広く活躍。声優としては'90年にOVA『ビー・バップ・ハイスクール』の加藤浩志役で初の主役に。'92年『ツヨシしっかりしなさい』(フジテレビ)の井川ツヨシ役で初めてテレビアニメの主役を務めた。『美少女戦士セーラームーン』『SLAM DUNK』(共にテレビ朝日)、『トライガン』『テニスの王子様』『キン肉マンII世』『BLEACH』(以上、テレビ東京)、『はじめの一歩』(日本テレビ)、『ONE PIECE』(フジテレビ)、『よんでますよ、アザゼルさん。』(毎日放送)など作品多数。また長年続けるラジオパーソナリティーの仕事が絶大な支持を集め、『集まれ昌鹿野編集部』(ラジオ関西)、『EMERGENCY the RADIO』(文化放送超!A&G+)などが放送されている。

星野　いつもラジオ聴かせていただいてます。先日も番組の中で自分のことを話していただいて。嬉しかったです。

小野坂　いえいえ、星野さんが倒れたっていう話を聞いてびっくりしました。

星野　すみません。

小野坂　いや、本当にご無事でよかったです。

星野　ありがとうございます。ずっと前からお会いしたくて。

小野坂　嘘でしょう、それ？

星野　本当ですよ（笑）。小野坂さんがやっているラジオ番組は、動画付きでネット配信してる『GT-R』（文化放送超！A&G＋）もラジオ関西の『集まれ昌鹿野編集部』も聴いてます。最初はたまたま『GT-R』を観て興味を持ったんですね。それで『昌鹿野』も気になって、総集編のCD『昌鹿野大全集』も買って。

小野坂　すみませんね、わざわざ買っていただいて（笑）。

星野　「わ、凄い人がいる！」と思って。小野坂さんは（笑福亭）鶴光さんが好きだっておっしゃってますよね。J-WAVEでやってる自分のラジオ番組で、前に鶴光さんと対談させてもらったことがあるんです。そこでFMって下ネタをやるのが難しくて、でもそこに挑戦したいんだという相談をしたら、たくさん怒られなきゃ駄目だって言われて。その時にふと小野坂さんのことを思い出したんです。

小野坂　へえー、そうなんですか？

星野　小野坂さんもラジオの限界に挑戦している気がして、しかもその根底にラジオ愛を感じるなって。勝手にラジオの師匠と思ってます（笑）。

小野坂　知りませんでしたよ（笑）。星野さんはラジオの仕事っていつから始めたんですか？

星野　『オールナイトニッポン』（ニッポン放送）の「クリエイターズナイト」という月一の枠があって、それを2008年に4か月間やらせてもらったのが最初です。J-WAVEの『RADIPEDIA』は2011年からで、この間『ラディカルアワー』というNHK-FMの番組が始まりました。そこでは「ちんこ」って言ったらピーが入っちゃいましたけど。

小野坂　ははは！　NHKでしょう？　それはねえ。

星野　でも「まん……」、女性の方を――。

小野坂　なんではっきり「まんこ」って言わないんですか？　言えばいいじゃないですか！

星野　ははははは！　いや、男性の方を「ちんちん」って言って大丈夫なら、女性の方も

「まんまん」でどうかなと思ったんです。言ってみたら大丈夫でした、まんまんで。

小野坂　へぇー！

星野　小野坂さんは生放送でまんこって普通に言ってますよね。

小野坂　あれね、生放送は0・2秒から1秒くらいタイムラグがあるんです。だから時報が鳴ってすぐに喋りだせば、絶対に音が切れて放送されないはずなんですね。でもナレーションを入れる時のクセで、喋る前に0・2秒待っちゃって（笑）。待ったら意味ないでしょうってことが何回かありました。

星野　1回だけじゃないんですね（笑）。そこがポイントです。

小野坂　生放送を何回もやってるとみんな飽きてくるでしょう？　だから本当に生でしかできないことをやろうって言って、わざと遅刻したこともありますね。最初の40分は家でテレビを観ていて、代わりに同じ事務所の別の「マサヤ」を二人送り込んだりとか。

星野　ははは！『昌鹿野』のタンポン事件もありましたよね。

小野坂　言っとくけどタンポン事件はそんなでもないからね！

星野　いやいや！　小野坂さんと一緒にパーソナリティーをしている鹿野優以さんが、初めてタンポンを使うところを実況中継したという。処女膜が——。

小野坂　いや、それ以上説明しない方がいいでしょう！（笑）。

星野　詳しくは『大全集』を買って聴いてみてください（笑）。でも小野坂さんって古きよきラジオの無茶苦茶さを、今かなり担ってる気がするんです。

小野坂　そんなことないですよ。普通に真面目にやってるだけです。

星野　真面目ではあるけど、普通ではないですから（笑）。小野坂さんは初めは芸人さんを目指していたんですよね？

小野坂　そうです。大阪出身なので小さい頃から吉本新喜劇を観ていて、お笑いがやりたかったんです。でも当時はまだ養成学校もなかったし、よくわからない世界だから弟子入りするのも不安だったんですね。「ジュース買ってこい」とか言われるの嫌だし（笑）。だから大阪に青二塾という俳優養成所ができた時、ここだと思って入ったんですね。後で青二プロダクションという声優の事務所だとわかってちょっとびっくりしたんですけど。

星野　じゃあまずそこに入って。

小野坂　はい。でもうちの養成所は演技のことしか教えないので、例えばマイク前の発声とか声優のことは何もやらないんです。だから声出しをやったり、芝居の基礎をえんえんやらされて。シェイクスピアとかね。そういうところで育ったんです。

星野　青二塾の大阪校から、その後東京へ出てきたきっかけは何だったんですか？

小野坂　2年間大阪校で勉強して認められたのか、「東京でやってみるか？」って言われたんですね。それで二十歳の頃、東京へ来て一人暮らしを始めたんです。まだ学生から声優になる人なんて一人もいない時代で、先輩方の風当たりの強さったらなかったですけどね。厳しい先輩ばかりで。

星野　先輩方は舞台出身の人が多かったんですか？

小野坂　そうです、ほとんど。舞台といっても今みたいにマスコミに取り上げられない、マイナーな世界でしたけど。

星野　うんうん。

小野坂　いや、その当時の舞台は今と違ってマニアックな人たちしか観てませんでしたから。完全にアングラの世界で、メモりながら観てるような人たちばかりなんです。その頃の僕は声優を専門的にやりたかったわけではないので、どうせならテレビに出たいなと思っていて。そうしたらある日、NHK社会科のお兄さんのオーディションにまんまと合格したんですね。それが2年間続いたんです。毎週月曜日と金曜日にロケに行って、土曜日にナレーションを入れるという作業をえんえんやっていたので、事務所から何の仕事ももらえませんでしたけど（笑）。

星野　じゃあ声のお芝居の技術は自分で学んだというか、盗んだというか。

小野坂　もちろんそうですよ。誰も教えてくれないので真似するところから始めるしかないですよね。

星野　学校で習うんだとばかり思ってました。

小野坂　今は声優の学校に音響監督が来て、マイク前のことも教えてくれるらしいですけど、僕らの時はいっさいありませんから。それに学校で教えてもらうことはプロの現場でほとんど役に立たないので。

星野　かっこいいなあ。今は声優としての仕事が多いですけど、社会科のお兄さんをやっていた頃はどんな気持ちだったんですか？

小野坂　ＮＨＫ教育の現場って、俺から見るともの凄く特殊な人たちばかりに見えたんです。自然や動物のドキュメンタリーをずっと撮っていた、職人みたいな人たちがたくさんやって来て。

星野　そうなんですか。

小野坂　とにかく一番下の人間に対する当たりが強いんです。クルーが４人くらいなんですけど、カメアシは俺がやるとか（笑）。風景を撮る時も僕が三脚を持って移動して、「早く置けや！」みたいなことを言われることもありました。

星野　えー！　で、カメラの前に立つ時は「やあ！　お兄さんだよ！」って（笑）。

小野坂　そうそう、「みんなー！」って言って。しかもディレクターがとんでもない文量の原稿を書いてくるんです。それを現場へ行くまでのロケ車の中で覚えなきゃいけないとか。そんなふうに個性的な人がいたり、めちゃくちゃ真面目な人がいたり、適当に見える人もいたりして、本当にいろんな人がいましたね。そこで土産話が蓄積されて、その後ラジオで話すネタがたくさんできたんです。ラジオの喋りが面白いって言われたのは、その時の経験も大きいんでしょうね。

星野　喧嘩とかなかったんですか？

小野坂　僕としては腹が立つのを通り越して、もうその状況が面白くなってきてるんです。それに最終的に何を目指すかですよね。いい映像を撮りたいならカメラマンさんの言うことを聞いた方が絶対にいいじゃないですか。だから言うことを聞かなきゃって。

星野　大人だなあ。声優やＮＨＫの社会科のお兄さんとかいろいろ仕事をしていて、その中でどれを一生懸命やろうと思ってたんですか？

小野坂　あの、うちの事務所は山ほど声優さんがいるんですけど、ちょうどその頃はＰＶとか顔出しの方とか、いろんな仕事に手を広げていこうっていう時期だったんです。それでいつも僕が駒として駆り出されてたんですね。プロレスのリングアナウンサーも、僕がプロレス好きだっていうことをうちのマネージャーが聞きつけたらしく、それで『週刊プロレス』に応募して（笑）。その頃はいろんなことをやりたいなと思って、何のこだわりもなく来る仕事をすべてやってました。

星野　小野坂さんってラジオでどんなに酷い下ネタを話していても、つねに全体の構成を考えてる気がします。それはどこで培ったのかなって。

小野坂　最初のラジオ番組だった『とうきゅうサウンドパラダイス』（文化放送）っていう、取手東急のステージに毎週、売れる前のアイドルを呼んで回す番組があったんですけど、その構成作家さんがとんでもなく凄い方だったんです。ブスッとして全然やる気のないアイドルを、その人が打ち合わせで笑わせて、本番を成立させちゃうんですね。結局、面白い番組にしなければ何の意味もないので、そこへ持っていくためにどうすればいいのか、誰を立てて誰に反発すればいいのかって。そういうことをつねに考えてるんです。その作家さんに学んだことですね。今はもうクルーの中で僕が一番年上なので、僕がやんわり方向性を決めていかないとめちゃくちゃになっちゃうから。

星野　喋りに集中するために、もっと技術のある構成作家さんと仕事したいとは思いませんでしたか？

小野坂　その時の作家さんに「育てるのも仕事だ」ってことを言われたんです。お前は俺が育ててるようなもんだし、お前もいずれできないやつを育てていく側になるんだって。だから作家さんには文句を言わずにやるってことですよね。

星野 なるほど。

小野坂 言われた通りにやって、ほら、失敗しただろってところを見せるんです。

星野 いつも本番中に突っ込みという名のダメ出しをしてますもんね（笑）。

小野坂 笑いながら気付いてもらえればね。番組が終わった後に本気でダメ出しをしたら、みんなやる気なくなっちゃうでしょう？

星野 やっぱり大人だなあ。自分が『RADIPEDIA』（J-WAVE）を始めた時も、実際はミュージシャンが苦労なく進めていけるように組まれている番組だから本当は何もしなくていいんだけど、それじゃあつまらないから、なるべく余計なことをして、作家さんをいじって、リスナーに自分や作家さんのパーソナルな部分まで面白がってもらいたいと思ったんです。そういうくだらないやりとりを楽しんでもらいたくて。普段J-WAVEを聴かない人も、そうすれば聴いてくれる気がしたんです。新しい男性器の呼び名を考えるコーナーを始めたり。そしたらそれが凄く人気コーナーになったので、調子に乗って女性版を始めたら偉い人から怒られちゃったんですよね。リスナーは喜んでくれたけど。

小野坂　ああ、そうなんだ。

星野　やっぱりFMではやっちゃいけないんだって思ったんですけど、でも小野坂さんのラジオを聴いてなかったら、そこまでやれてなかったと思うんです。なんか小野坂さんのせいみたいにしてますけど（笑）。でも小野坂さんは一見勢いでやってるように見えて、全体を考えてプロデュースしてる。そこを真似したいんです。別に無闇に下品なことを言いたい訳ではないというか。

小野坂　何のためにラジオをやってるかと言えば、それは一つしかないんです。お客さんに笑ってもらうためですよね。FMを聴いてる人たちも、お洒落な雰囲気だけじゃなくて面白いトークを求めてるだろうし。ラジオには最終的に「面白い」しかないと思ってるので、そのためにどうすればいいのかってことをつねに考えますよね。だからブレずに行けるんだと思います。作家さんをいじるのもキャラクターを明確にしていくためですよね。例えば作家さんを魚にたとえて、今日は鯛の人だとか。すると運転しながら聴いていても、「ああ、海老で釣れる人か」ってキャラクターが見えてくるので、親しんで聴いてもらえるじゃないですか。

星野　うんうん。自分はAMで育ってきて、凄く好きなんですけど、唯一気に入らないのが音楽の扱いが適当なところなんです。ワンコーラスしか流さなかったりするじゃないですか。逆に小野坂さんは、FMは喋りが適当だって普段から言われていますよね。だからFMで自分の番組を始める時に、FMだからこそ喋りを面白くしたいなと思って。それで下ネタに踏み込みすぎて、怒られちゃったりするんですけど（笑）。

小野坂　僕もAMは音楽の扱いが中途半端だって思いますよ。あれ、喋りの間にいかに休憩を挟むかっていう発想で音楽を流してるじゃないですか。俺は休憩なんていらないから、ずっと喋るって言ってるんです。

星野　音楽をかけるならなるべくフルコーラスでかけて、なぜ選曲したのかとか、その曲に関する話をちゃんとしたいんですね。するとその曲の聴き方も変わってくるし、自分の好きなものがより伝わると思うので。

小野坂　音楽の薀蓄も絶対知りたいもんね。

星野　知らない曲の薀蓄って楽しいですよね。実は今一つ悩みがあるんですけど、病気から復帰したばかりというのもあって、あまりテンションを上げられないんです。血圧が上がっちゃうから。この間の復帰1回目のラジオは楽しくてテンションが上がりすぎて、途中で具合悪くなって、ずっと横になってたんですね。

小野坂　それは辛いですね。

星野　だからどうしてもおとなしいラジオになっちゃうんです。おとなしくちんこって言うしかない。

小野坂　ははは。僕も『昌鹿野』の収録が火曜日にあって、土日のイベントで声が出なくなってる時がしょっちゅうあるんです。

星野　そんな時でも凄くがんばってますよね。

小野坂　はい。声が出ないっていう面白さがありますから。声が出ないからずっとちんこって言っててもいいっていうね。

星野　そうですね（笑）。

小野坂　例えばものまねのテーマを決めて、ずっとその人の真似をしてたら？

星野　ああ、渡部篤郎さんとかテンション低めな人のものまねならいいですよね。でもものまねが苦手なんです。

小野坂　似てなくても押し通したらみんな笑い出すんですよ。前に福山雅治さんの真似をして、「実に面白い」って言い続けてたんですよね。とにかくそれしか言わない。すると最終的に笑わなきゃいけない世界になっちゃうんです。

星野　しんどくてもやり通さないと駄目なんですね。

小野坂　まわりが目で「似てない」って訴えてきても、その目を見て真似しつづける楽しさですよね。

星野　ハートが強すぎます（笑）。

小野坂　映像があれば、喋りはテンションが低いままでも面白くできますよね。『GT-R』で面白い顔をしながら喋ってると、お客さんはネットの映像を一生懸命見て楽しんでくれるんです。どうですか、映像も同時に撮って、メガネをずっと上下に動かしつづけながら喋るとか（笑）。

星野　ははは（笑）。あと着ぐるみを着ながらとか、白いメイクをしてデーモン閣下みたいになるのもいいですね。

小野坂　まぶたに目を描いて、今目を閉じてるのか開いてるのか、お客さんに判断してもらうのもいいんじゃないですか？

星野　なるほど、そうすればいいのか（笑）。

小野坂　AVみたいに凄くテンションが上がった時は笛を3回吹くとかは？

星野　え、どういうことですか？

小野坂　知りません？　黒木香さん。気持ちがよかったらホラ貝を1回吹く、もっとよかったら2回、最高の時は3回っていう、超流行ったAVがあったんです。それ、やればいいのに。最高に楽しい時はホラ貝を3回吹きますって。

星野　ははは！　いいですね。やりたいです。あとアニメの話も聞いていいですか？　実は今度、『聖☆おにいさん』（高雄統子監督）のブッダ役で声を当てさせていただくことになりまして。

小野坂　もちろん知ってますよ。うちの業界では凄く話題でしたから。

星野　すみません、声優ではない俳優が声を当てるなんて、小野坂さんはあまり好きじゃないと思いますけど。

小野坂　そんなことないですよ！（笑）。

星野　今日は小野坂さんに怒られに来たんです（笑）。もちろんアニメが大好きなので今回のお話は凄くうれしかったんですけど、収録はイエス役の森山未來と二人きりで、どうしたらいいいかわからなくて。現場に声優さんがいないから見て学ぶことができないんです。小野坂さんはいろんなお仕事をされて、いつ頃から自分は声優だってしっかり思うようになったんですか？

小野坂　テレビのレギュラーが入った辺りからですかね。『ツヨシしっかりしなさい』（フジテレビ）が最初のレギュラーだったんですけど、その前にOVAの『ビー・バップ・ハイスクール』で最初の主役をやった時、まずびっくりしたんです。まわりにはテレビでよく聞くような声優さんばかり来ていて、中にはだいぶ高齢の人もいたのに、完成してみるとちゃんとヤンキーの高校生の声に聞こえるんです。収録では声だけ聞くとヤクザだったんですよ（笑）。それでかなわないなと思って、『ツヨシしっかりしなさい』の時に責任感を感じて、凄く真面目にやるようになったんです。

星野　へえー。

小野坂　口を合わせるだけなら、毎週やってると誰でも慣れて上手くなるんです。でもその芝居が面白いかどうかは別の話で、その線引きですよね。若い子の中には「もう何やっても合わせられるからー」みたいなやつがいっぱいいるんですけど、結局面白くないんで（笑）。そうじゃないんだよなっていつも思います。でも星野さんはお芝居もやってきてるし、一生懸命やったのなら絶対面白くなってますよ。面白くなってるはず。もし面白くなかったら大変だよー。

星野　ははは！

小野坂　叩かれるよー。

星野　叩かれますよね（笑）。ミキサールームのスタッフさん達は爆笑してくれてるんですけど。

小野坂　じゃあ面白かったんですよ。

星野　でも予告編を最初に観た時、これで大丈夫なのかなと思っちゃって。自分の声だからかもしれないですけど。

小野坂　自分で自分の声を聞くとつまらなく感じますよね。僕もいまだにそうですから。

星野　あ、そうですか？

小野坂　スタジオではもっと面白かったはずなのにっていまだに思います。結局スタジオでは150％くらいの力でやっておかないと、出来上がった時に伝わらないんです。大げさにやらないと駄目な世界なんですね。そこがテレビの芝居とまったく違うところで。

星野　映画のお芝居なんて、特にやりすぎたら駄目ですね。

小野坂　怒られちゃうもんね。でもアニメはやらないとわからないんですよ。絵に引っ張られるんじゃなくて、自分の声が絵を引っ張っていかないと、お客さんは絶対に面白いと思ってくれないんです。声と表情って違いますからね。笑ってるシーンでもよく見ると表情は笑ってなかったりするので、そこを見せ切るのは慣れと技術と努力だと思います。

星野　はい、今言われたことを肝に銘じてこれからはがんばります。もう収録終わっちゃったんで、収録前に聞いておきたかったけど（笑）。

小野坂　今回僕の耳に入ってきたのは、映画のプロデューサーが女子で、「声優の汚い声とか熱い芝居とかほんといらないのよねー」って言ってるって。

星野　そんなことないですよ！　怖い怖い！（笑）。

小野坂　「もっとおしゃれにやりたいのよー」みたいな理由でおしゃれな二人をキャスティングしたんでしょう？　僕のイメージでは。

星野　イメージじゃないですか！（笑）。

小野坂　いや、そうなんですよ。なぜ声優がキャスティングされなかったのかって聞いたら、そう言われました。若い女のプロデューサーがキーキー言ってるんだって。

星野　プロデューサーさん、男の方ですけどね。

小野坂　あ、そうなんだ。ふーん。その存在を信じてたんだけどな。「おしゃれなアニメにしたいの！」なんてことを言って、我々の聖地を汚すやつらがいるんだって。

星野　ははは！　じゃあ舞台挨拶はおしゃれさの微塵もない格好で行けばいいですかね。フルチンとかで。

小野坂　「そんなんじゃない、私の素敵な二人は！」って。

星野　そんな人、いないですから！　架空のプロデューサーですから（笑）。

小野坂　そうなんだ、怒りの矛先が……。

星野　その想いをちょっとだけ収めていただいて（笑）。

小野坂　まあ、いずれ一緒に声の仕事もできれば楽しいですよね。でもそんな女のプロデューサーが……。

星野　ラジオ聞いてても思うんですけど、何でそんなに女の人に当たりが強いんですか？（笑）。過去に嫌な女と付き合って恨みがあるんでしょうね。

小野坂　そうですよ、何人も！　だから初めて会った女の子が「この間小野坂さんのテレビ観たんですー」って言っても絶対に信じない。容姿のいい子も信じない。殺してやるって。

星野　殺してやるって！（笑）。極端！

小野坂　今は何も信じないですから。

星野　何も信じない心の強さを手に入れたと。

小野坂　ハードハートですよ。

星野　ハードハート！　俺はまだうっかり信じちゃいます。

小野坂　絶対に失敗するよ。ちょっとお酒飲んだら、あれ、かわいいなと思っちゃうことあるじゃないですか。

星野　それも女子の策略なんですか？

小野坂　そうです！　向こうは俺たちより心を扱うのが上手なんです。体を提供すれば誰だって落ちると思ってるんですから、かわいい女は。あいつらはゲームみたいなもんですよ。「この間星野源と居酒屋で会ったけど、色目使ったらすぐこっち見てきてー」って言われるよ！　何もしてなくても。

星野　怖い！

小野坂　人の皮を被った鬼ですよ。星野さんなんかみんな手ぐすね引いて待ってるから気を付けないとね。

星野　小野坂さんも。

小野坂　僕は絶対に誰にもだまされないから。誰にも心を開かないので大丈夫です！

（2013年4月13日収録）

星野 源 × 宇多丸

うたまる｜ラッパー、ラジオパーソナリティ。1969年東京都生まれ。ヒップホップやラップが日本に定着していなかった'89年、早稲田大学在学中にメンバーのMummy-Dとヒップホップ・グループ「ライムスター」を結成。'93年、アルバム『俺に言わせりゃ』でインディーズ・デビューを果たす。地道なライブ活動で支持を集め、グループは90年代後半にかけてシーンの中心的な存在に。2001年以降はメジャーに活動の場を移すが、'07年の日本武道館公演を最後に一時活動休止。'09年に活動再開。以降、オリジナル・アルバムがすべてヒットするなど、結成25年を超えて精力的に活動している。グループ活動と並行して、'07年からパーソナリティを務めるラジオ番組『ライムスター宇多丸のウィークエンド・シャッフル』（TBSラジオ）がスタート。趣向を凝らしたさまざまな特集や、映画愛にあふれたコーナー「ザ・シネマハスラー」（現「週間映画時評　ムービーウォッチメン」）などで人気に。'09年には第46回ギャラクシー賞「DJパーソナリティ賞」を受賞した。

星野　前に取材でご一緒して、その後フェスのバックヤードでご挨拶したんですよね。どこだっけな、ＡＲＡＢＡＫＩかな？

宇多丸　以来ですかね。あと、前に一回メールしましたよね。「今ＡＫＢのドキュメンタリーをバルト9で観るところなんだけど、目の前でオタ同士が喧嘩してる」って（笑）。

星野　そうでした（笑）。まず、ラジオのお話をうかがえればと思ってるんですけど、最初に『ライムスター宇多丸のウィークエンド・シャッフル』（ＴＢＳラジオ、以下『タマフル』）を聴いたきっかけは、宇多丸さんが公開中の映画を批評する「ザ・シネマハスラー」というコーナーをまとめた本だったんです。

宇多丸　今は事情があって「ムービーウォッチメン」というコーナータイトルに変わりましたけどね。星野さんはもともとラジオっ子だったんですよね、確か。

星野　そうなんです。最初から、いきなり土曜22時の今の枠で『タマフル』を任されたんですか？

宇多丸　順を追って言うと、最初は『ストリーム』（ＴＢＳラジオ）にライムスターとして呼ばれたんです。『ストリーム』というのは、今の『たまむすび』（ＴＢＳラジオ）の枠で小西克哉さんと松本ともこさんがやっていた伝説的番組ですけど、まずそこに呼ばれて。たぶん呼ばれた時点で、僕は『ＢＵＢＫＡ』でアイドルソング時評を連載していたし、ライムスターとしてTOKYO FMの番組をやっていたので、人材をフックアップする目的があったのかもしれないですね。最初に呼ばれた時は、アルバムのリリース・タイミングだったにもかかわらず、ガッタスというハロプロのフットサル・チームの本を激推ししたんです。「吉澤ひとみは長嶋です」みたいなことを言って。

星野 ははは！

宇多丸 次に呼んでいただいた時は一人だったのかな。その時はパフューム推しで、曲を掛けながら「中田ヤスタカという凄いプロデューサーがおりまして……」みたいなことをべらべら喋って。で、まあ行けるってことになったのか、まず日曜夜に単発で『宇多丸独演会』（TBSラジオ）という番組をやったんです。

星野 やっぱりそういうお試し期間があったんですか。

宇多丸 そうなんですよ。プロデューサーの橋本（吉史）さんに声をかけてもらって。で、自分が番組やるならというんで、話がしやすいからという理由で、もともと音楽ライターだった古川耕を経験もないのに放送作家として呼んできたり。

星野 そうだったんですね。

宇多丸 それで大丈夫だということになり、『タマフル』を任されて今に至る感じですかね。気が付いたら7年やってるという。

星野 ラジオで7年って、とっても長いですよね。

宇多丸 はい。ちょうどライムスターが活動休止するタイミングに始まったので、無職にならなくてよかったなって。

星野 ラジオをやりたいという気持ちは前からあったんですか?

宇多丸 ずっとありましたね。ライムスターとして活動しながら、「でも俺に一番向いてるのはラジオのパーソナリティーだ」って公言してたくらいですから。ただ、ずいぶん前に『SOUL TRAIN』(J-WAVE)というヒップホッププログラムのパーソナリティーを代打でやったら、意気込んで1週間いろんな企画をやったにもかかわらず何の反響もなかったんですね。で、ライムスターのラジオ番組でも自分的には空回りというか、いざ喋ってみたら俺全然喋れねえじゃんっていう感じで、向いてないかなと思い始めてたんです。

星野 じゃあ挫折というか、しょんぼりしてたんですね。

宇多丸 凄くしょんぼりしてましたよ。だから『タマフル』のお話をいただいた時も、最初は「俺できないっすよ」みたいなテンションでしたけどね。もちろんライムスターのラジオがよかったって言ってくれる人もいたけど、自分としては、それこそ今『タマフル』でやってるようないろんな試みがしたかったんですよね。でもそれをライムスターとしてやるのは土台無理な話ですよね。その頃はライムスターの活動の中にあれこれ全部入れ込もうとして、バランスがあまりよくなかった時期かもです、俺的には。

星野 でも『タマフル』を始めたことによって棲み分けができて。

宇多丸 それは絶対あるんですよ。ライムスターでやるべきことはライムスターで、自分のことは自分でってエゴが発散されたんです。

星野 『タマフル』は企画がいつも面白いですよね。この間の渋滞生中継も凄く面白くて。

宇多丸 聴いちゃいました? あの酷いやつ。

星野 ははは! 「今途切れた!」って途中で電波が途切れるのがうれしそうでした(笑)。

宇多丸 ゴールデンウィークによくラジオが渋滞情報を流すけど、スタジオから高みの見物なんかするんじゃなく渋滞の中に突っ込もうって、2時間半車の中から放送したんですよね。でも結論としてあんまり渋滞してなかった(笑)。で、携帯トイレにおしっこするのがクライマックスで、しかもこぼすというね。終わった後、絶対母親に怒られるなと思いましたもん。けっこう聴いてるんで。

星野 そういうの気にするんですか、宇多丸さん(笑)。

宇多丸 下ネタとかね、後で凄く怒られるんで。

星野　自分は下ネタを言いすぎてもう親には怒られなくなりました。

宇多丸　ははは！　大人計画にいたら仕方ないですもんね。

星野　全裸で舞台とか出てますからね。ちなみにラジオの企画会議ってどのくらいのペースでやるんですか？

宇多丸　月一か二です。今は企画のストックがたくさんあるので、そこからタイミングを見て選んだり、ありがたいことに持ち込み企画もあったりするんですよ。どういう番組かみんなわかってきてくれてるから。星野さんも何かないですか？　よそではやりたくてもできないような企画。

星野　ずっとやりたいなと思ってるのが放送作家さんの企画なんです。「放送作家の相槌特集」っていうのをやってみたくて。

宇多丸　お、いいじゃないですか！

星野　『タマフル』だと古川さんの相槌が好きなんですよ。大事なポイントだけ「うん」って言うあの感じとか。

宇多丸　はいはい。

星野　放送作家がいかに番組のリズムを作ってるかみたいな話がしたいんですよね。

宇多丸　要するに放送作家は単に台本を書くだけじゃないんだと。超いいですよ！　僕が古川さんを引っ張ってきた時、「俺の高田文夫になってくれ」っていう恥ずかしすぎるセリフで口説いたんですけど（笑）、作家の相槌って大事ですよね。古川さんの相槌は人によってはディスられたりして、本人的にはけっこう傷ついてるんですけど。

星野 そうなんですか？ 俺、凄く好きですよ。

宇多丸 いいですよね。

星野 同じTBSラジオだった『コサキンDEワァオ！』の有川周一さんという作家さんが、くだらないことをする小堺一機さんと関根勤さんに「ばーか」とか「くだらねえ」って言うのも好きだったんです。

宇多丸 TBSラジオの番組だったら「実際に聴いてみましょう」ってできるしなあ。それ、いただきですよ。そういうラジオ論的なことがやりたいんです。すぐオファーしますから。

星野 ありがとうございます（笑）。宇多丸さんが番組当初からやりたかった企画はどういうものだったんですか？

宇多丸 最初はDJタイムですね。J-POPをいろんな人にミックスしてもらいたいって。それから「いとうせいこう特集」とか「岡村靖幸特集」とか、初期のアーティスト特集はわりとやりたかったことです。最初の1年くらいは僕の引き出しから引っ張り出してきましたけど、今は古川さんのアンテナに引っ掛かったネタをやるケースが凄く多いですね。

星野　へえー。たまにある文具の特集もそうですか?

宇多丸　そうそう、けっこう多いんです。

星野　『タマフル』の企画って一瞬ラジオでは伝わりにくそうなものが多いのに、聴くと毎回もの凄く伝わってきますよね。例えば紙とペンだけでできる「紙ペンゲーム特集」とか、ムリだろうって思うけどちゃんと面白くて(笑)。常に挑戦してる感じもありますよね。

宇多丸　はいはい、「コカ・コーラCM特集」の時もどうして映像の特集をラジオでやるんだって言われましたけどね。

星野　「ジャッキー・チェン特集」の時も最高で、聴くと映画が観たくなるんです。そうやって観たい気持ちにさせることが大事だなって。その時、映像を実際に観られなくても別に問題ないというか。

宇多丸　最近凄くはっきりしてきたのは、そのテーマを本当に好きで、本当に伝えたいという気持ちがあれば、その話は相手がワケわかんなくても共感できなくてもいいんです。面白いんです。ジャッキー・チェンに関する説明や情報だけなら、それこそウィキペディアで調べて誰でも言えちゃうけど、こんなに好きなんだっていうことは積み重ねがないと話せないですから。そういう熱が面白いんですよね。さっきの星野さんの企画も、ラジオが大好きでずっと聴いてる人でないと絶対思い付かないことだし。

星野　テレビの『アメトーーク！』もそうだと思うんです。熱量が半端ない人たちの話は意味がわからなくてもそれだけで面白いって。でも、それがラジオでも一緒だというのは発見ですよね。

宇多丸　やっぱり親密なメディアですから。

星野　そうですね。唾が飛ぶ近さで熱弁されてる感じがあるかもしれないですね。

宇多丸　例えばテレビで映画の紹介をすると、テレビの人は映像を使いたがるじゃないですか。映像がないと成立しないっていうんだけど、いやどうなのかなって。見せたところで映画の全体像は伝わらないわけだし、それならいらないんじゃないかなって思うんですね。

星野　たまに話の方が面白いことありますよね、実際の映画より。

宇多丸　映画評論家の町山（智浩）さんの話を聞いてたら凄く面白そうなのに、観たら「え？」っていう（笑）。そういうことはよくあります。

星野　でもそこが魅力でもあるんですよね。聴いていて楽しいし。

宇多丸　もちろんこっちとしてはきちんと調べて客観的に話してるんだってこともアピールしたいんです。でも前に早稲田大学の長谷正人先生に呼ばれて、トークイベントでルイス・ブニュエルの『エル』がいかに好きかということを話してたら、先生だから乗せるのが上手いんですよね。最終的に立ち上がって実演しちゃってて。そうしたら先生に「ほら、それが一番面白いです」って言われたんです。立ち上がって説明しちゃうくらいが一番いいんだなって、その時に思いました。

星野　でも、自分がラジオ番組をやる上で今悩んでるのは、あまり知識がないことなんです。好きなミュージシャンでも、音源は大好きだけどそれ以外の知識がほとんどなかったりして。喋る時に知識が少ないことが、なんか愛が少ないように聴こえちゃうんじゃないかって気がしてるんです。宇多丸さんは「ムービーウォッチメン」でも本当にちゃんと調べてるじゃないですか。

宇多丸　それは自分の主張に説得力を持たせるための対策というか、「俺の方が知ってる」みたいなことを言う人に対する防御線みたいなもんなんだけど、一番大事なのはそこじゃないと思ってますね。映画でも音楽でも、作り手が伝えたいのは他のやり方では置き換えられない「ある感じ」なんだから、それを単純化して意味に還元すればいいってもんでもない、って言うかむしろそこは気をつけなきゃいけないとこだと考えてますけど。

星野　そうですね。ただ、好きなものの話をする時はその感じが出せると思うんですけど、宇多丸さんは好きじゃない映画も話さなきゃならないじゃないですか。中には最低だと思う時もありますよね。

宇多丸　そういう時、昔は突き放してぼろかすに言ってたけど、最近はちょっとモードが変わってきて、駄目な映画でもちゃんとその中に入り込まないといけないなって思うんです。誰でも言えるようなことを偉そうに言ってるだけになってたら嫌だなって。貶してる時でも、その作品に本気で入り込んでるからこそ逆に最高に楽しんじゃってるみたいな、そういうニュアンスが伝わればいいなと思ってます。

星野　ただ貶してるだけだと聞いてる方もしょんぼりしちゃいますもんね。確かに、最近の宇多丸さんの批評には愛があるような気がしてます。

宇多丸　何でも好きになるとか、何でも褒めるとかいうのとはちょっと違うんですけどね。少なくともラジオのために1週間一生懸命調べたり考えたりした映画って、その良し悪しとは関係なく映画体験として濃いんです。もちろんどうしても温度が下がっちゃう作品もあるから、そういう時は木金くらいから自分をアゲていくんですけど。

星野　2日前から気持ち作って（笑）。

宇多丸　そう、マジで。一つの作品を2回も3回も観るのはアゲていくためでもあるんです。どんなに駄目な映画でも二度三度観た方がだいたい面白いですから。

星野　でもそうなると忙しいですよね。

宇多丸　まあ好きでやってますから（笑）。要は人間関係に近くて、あいつ最悪だよなと思いながら一定期間一緒に住んでた人と、いくらいい人でも一回しか会ったことのない人とでは親しみが違うじゃないですか。例えば『バトルシップ』（ピーター・バーグ監督）とかって——。

星野　『バトルシップ』面白かったです。宇多丸さんのトーク込みで面白くて（笑）。

宇多丸　クールに見たら駄目なところもいっぱいあるけど、はいはい、あいつよく知ってますよ、一時期一緒に住んでたからっていう。今や『バトルシップ』大好きですからね。やっぱりこちらが熱を持たないと面白くないので、そうやってがんばるんです。

星野　紹介する作品はその監督の過去作も観るんですよね？

宇多丸　それもさっき話した、文句を付けてくる人に対する防御線ですね。あとライブ前の練習みたいなもので、ここまで勉強したんだから大丈夫、もし間違えても悔いはないっていうノリに近いです。でも星野さんは自分の作品が批評されるのってどうですか？

星野　前は「あれ？」と思うことも多かったけど、最近になってうれしい批評が増えてきましたね。あ、こんなふうに聴いてくれてるんだって。宇多丸さんはどうですか？

宇多丸　作り手から見ると「何知ったようなこと言ってるんだ」っていうのも多いけど、裏返せば自分の映画評もそう思われてるかもしれないってことですよね。だから評される側としても評する側としても、より覚悟ができたんじゃないかって。自分の作品に関しては何を言われてもしょうがないなと思いますね。好きにしてくださいよっていう。

星野　リリースしちゃうと嫁に出したみたいな感覚になりますよね。

宇多丸　ね！　今はＡｍａｚｏｎで一般の人たちも感想を書き込めるけど、こればっかりはコントロールできないから。コントロールしたかったらリリースしなきゃいいわけで。

星野　あるバンドの先輩は批評を読んで違うと思うと編集部に電話してたらしいですよ。「事実と違うから直せ」って。逆にかっこいいですけど。

宇多丸　凄えな、それ。確かにそうしたかった時もありますよ。うん、最初はそうだった。

星野　でもだんだん疲れてくるというか。インタビューで「この作品をどう聴いてほしいですか？」って聞かれると、最初のうちは一生懸命考えて答えてたんですね。でも最近は「好きに聴いてください」って答えるだけになってきて。

宇多丸 インタビューを受けていて、めったにないけど、この聞き手は根本的に勘違いしてるなって感じることもあるんです。そういう時、前はカチーンってなってたと思うんだけど、今はやんわりと「そういう聴き方もあるかもしれませんけど、まあこういう意味もあって……」って。

星野 大人！ すばらしいです。

宇多丸 いちいち怒ってても具合悪くなっちゃうだけですよ。

星野 本当にそうですね。病気になってそういうのがごっそりなくなりました。前は「えー、草食系男子の星野さんですが……」みたいなことを言われると「殺す！」って怒ってたんです（笑）。でも最近は「そうですねー、好きなセックスの体位は立ちバックです」みたいにニコニコしながら訂正できるようになりました。倒れてよかったなと思います。煩悩が抜けて、全部リセットされた感じがするんですよ。今は復帰して一番性欲の強い状態なんですよ。煩悩はないのにすごいムラムラしてるんです。

宇多丸 そんなこと俺に言われてもね（笑）。リビドーというやつですね、やっぱ。

星野 リビドーが復活してきちゃったんですけど、例えば音楽に関してもいろいろ気が晴れた気がしていて。やっていて凄く楽しく感じるんです。

宇多丸　それはよかったですね。

星野　話が変わっちゃいましたけど、インタビューで自分が意識してなかったところを指摘されるとうれしいですよね。

宇多丸　逆にこっちが「ああ、そうか」って気付かされることもありますから。こっちが感じで表現したことを、ハッとするような言葉で指摘してくれる人もいて、その後の取材ではもうその言葉いただきっていう（笑）。

星野　たまに我が物顔で言っちゃう時ありますよね。前から自分が口にしてたことみたいに。

宇多丸　それは全然ありますね。

星野　音源ってどうしても無意識が残ってるじゃないですか。その無意識に気付かせてくれると、自分でもそうだったんだなって。

宇多丸　昔、古川さんにインタビューされた時、彼はライムスターのそれまでの曲の一人称をカウントして分類してきたんです。「僕」が何回、「俺」が何回、「私」が何回で、それがアルバムによってどう違うかって。それが凄く面白かったんです。で、俺の場合は一人称がどんどん減ってきてるけどなぜかって聞かれて、ああそれはねみたいな、こっちも考えだしちゃうっていう。

星野　そんなインタビューのアプローチもあるんですね。

宇多丸　数量をカウントすることで見えてくるものもありますから。例えばヒップホップの歴史を辿ると、頭からサビまでの小節数って時代ごとに傾向があって、それはヒップホップがポップミュージックとして整っていく過程と一致するんです。

星野　へえー。そうやって数量で物理的に追求することと、さっき話してた熱量で伝えることって、宇多丸さんの中では一緒なんですか？

宇多丸　一緒でありたいですよね。要は受け取った感じをそのまま勢いで伝えるか、それとも説明するためにデータを使うかの違いで、根っこは同じですから。特に映画は観た時に感じたものが圧倒的に大事なんです。映画について詳しく語れる人も、結局はその時の感じを思い出しながら話してるはずなんですね。印象論という言葉は批評界では悪く使われがちだけど、でも印象から出発しない批評もまたないだろうと。

星野　そうでないと側《がわ》だけになっちゃいますよね。

宇多丸　うん、側だけ。『スター・ウォーズ』（ジョージ・ルーカス監督）に関するデータをいくら正確に並べたところで、「あれ、そういう映画だっけ？」ってことになっちゃいますから。難しいところですけどね。語り得ないものを語ろうとするのが批評の面白さであり、難しさでもあると思うんでね。

星野　そういう積み重ねを7年間毎週続けてきたんですね。自分が最初にライムスターにハマったのは1999年の3rdアルバム『リスペクト』からだったんですけど、ラジオをやることでライムスターの詞や音は変わったと思いますか？

宇多丸　どうだろう？　歌詞の構成を前より考えるようになったとは思うけど、音楽は非常に身体的なものだし、生理としか言いようがない部分もけっこう多いからなあ。

星野　宇多丸さんの歌詞を聴いてると、たまにラジオでの宇多丸さんのニュアンスが入ってるとニヤリとします。

宇多丸　今やラジオから入ったとか、『5時に夢中！』（TOKYO MX）みたいなバラエティー的な空間から入ったとかいう人もけっこういるから、びっくりする人もいるみたいですけどね。マイク持って「YO」とか言うと「え？」って思うらしくて。まあ、そりゃそうですよね。

星野　『5時に夢中！』から入ったらそうなるでしょうね（笑）。いつも曲作りはどういうふうにされてるんですか？

宇多丸　ヒップホップはだいたい先にトラックがあるので、それに合わせて詞を考えるんですね。もちろん別に言いたいことがテーマとしてあったり、ごくまれに詞が先だったりということもなくはないけど、今のヒップホップは凄く進化してるからビートに詞を合わせていくことが多いです。

星野 ヒップホップの知識があまりなくて申し訳ないんですけど、歌のようなサビが来ることもあるじゃないですか。あれはもとから指定があるんですか？

宇多丸 トラックメーカーにもよるんですけど、歌にも関わる人とお任せの人と二通りいて、ヒップホップではお任せの人が多かったんです。でも最近は歌にも関わる人が増えたかな。ただ、ラッパーって作詞をして、メロに当たる部分は作曲してるようなものだから、そこは基本的に分業ですよね。こっちが何を乗せたかによってトラックが後で変わることもあるし。

星野 そうか、じゃあ一緒に作っていく感じなんですね。

宇多丸 やりとりしながら作ります。

星野 Ｍｕｍｍｙ-Ｄさんとの分担みたいなものもありますよね。ここからここまでは俺で、っていう話は事前にするんですか？

宇多丸 最初に何となく構成を決めてから、ここは分けた方がいいねとか話して、テーマも当然話し合って決めますね。本当はそこで一度持ち帰って直せるといいんだけど、なかなか時間もないし。僕はとにかく書くのが遅いんです。今の若い子はスタジオですらすら書けるんだろうけど、もうね、本当に遅い。何で遅いかというと、今の若い子みたいにラップがもともと身に備わってないので、理屈から組み立てていかないとできないんです。一言で言えば、実力的に足りないところを頭で何とか補ってる状態ですよね。そうしないと一定の水準に達しないという問題があって。

星野　みんなそうやって考えながら書いてるのかと思ってたんですけど、ポンポン出てくる人もいるんですね？

宇多丸　うん。若い子はみんなすらすらだと思います。

星野　宇多丸さんのラップって聴いていてちゃんと言葉が入ってくるんです。何を言っているのかわからないのがカッコいい人もいますけど、ラップ素人の自分にもすっと入ってくるところが凄いなあって。

宇多丸　すっと入るかどうかはライムスターとしてわりとチェックしてるところですね。字面ではよくてもそう聴こえないみたいな日本語が凄く多いので。活動休止以降はだいぶよくなってきたけど、それこそさっき話したエゴが先走ってた時期は、わかってもわかんなくてもいいみたいなヤケクソな時期でしたね。

星野　けっこうさかのぼってしまうんですけど、活動休止を決めた一番大きな理由って何だったんですか？

宇多丸　Ｍｕｍｍｙ‐Ｄが言い出したことだったんだけど、その時の体制でやれることは一通りやっちゃって、そのままだとたぶんずるずる行っちゃうんじゃないかって。まあ、そうだよなって思いましたね。ちょうど武道館公演を控えてたので、解散を匂わせることでチケットの販促効果も見込めるしなって（笑）。

宇多丸　ははははは。その時に活動休止してよかったと思いますか？

星野　超よかったと思います。思った通りの効果があって、その間にそれぞれが勉強したことを持ち帰ったら凄くよくなりましたね。僕の場合、フラストレーションが解消されたっていうのもあるし。

宇多丸　ラジオも始まりましたもんね。

星野　いや、もう完全にラジオの効果です。ライムスターとは別に自分のやりたいことを全部出せる場ができたので、音楽はエゴを出すことよりもいい作品を作ることに集中できて。

宇多丸　活動休止する時に不安はありましたか？

星野　基本的に楽天家なのかもしれないですけど、あまりそういうところで焦った覚えがないんです。むしろ好きなことができるぞって思いましたから。その時はまだ結婚もしてなかったし、最悪毎日マックに行って、「ポテト入ってないぞ」とかクレーム付ければポテトもらえるから食べていけるなって（笑）。実はその前に「俺もソロ作るか」とは宣言してたんですけどね。けっこう本格的にトラック集めたりとかちょいちょいしてたんです。ただ、ラジオという場の「これだ！」感があまりにも強すぎて。しかも『タマフル』はスタッフワーク的に上手く行ったのが凄く大きくて、毎週ソロアルバムを出してる感覚になっちゃったんですね。今やそれが問題だとも言われてるんですけど（笑）。

星野　外側から見てですけど、本当にいいチームなんだろうなって思います。

宇多丸　昔からよく言いますけど、職種じゃないよ職場だよっていう気がしますね。みんな自分の職種に生きがいを見出そうとするけど、その職場が意地悪な人ばかりだったらつまらないじゃないですか。誰と一緒に仕事するかの方が大事だなって凄く思いますね。

星野　でもチームの一体感を作り出すのってなかなか難しいですよね？

宇多丸　俺はまず飲みに行きますね。やっぱり大事ですよ、飲みニケーションは。飲めなければカレーに行ったりとか、そういう場の無駄話タイムが一番大事だと思います。ライムスターでもそうですよ。じゃあ曲作ろうかってホワイトボードを前にしても、絶対に曲はできないから。案外大事なことってくだらないやりとりの中からしか生まれないですよね。

星野　なるほど。やっぱりメシを食いながらっていうのがいいんですね……あと宇多丸さんに聞いてみたかったのはサブカルチャーのことで、自分はもうサブカルチャー、サブカルという言葉はなくてもいいんじゃないかと思うんです。

宇多丸　ほお、そうなんですか。

星野　今はちょっとマニアックなものが好きだと公言すると、サブカル男子とか呼んでバカにする風潮がありますよね。

宇多丸　しかも、ちょっと前の基準からするとたいして「マニアック」じゃないじゃんってことも多い。

星野　そうですね。インターネットが発達して、共同体としての流行よりも個人の興味っていうものがどんどんクローズアップできる状況になって、マニアックそのものが存在しにくくなっていますよね。今までメインだと思われていたテレビでの動きよりも、ネットで局部的に人気のあったものが一瞬で一般的に浸透することもあるじゃないですか。

宇多丸　今サブカルをどう定義すべきかって凄く難しい話ですよね。星野さんがサブカルはもうなくてもって言うのは、そのくくりは無効だよっていうことですかね。

星野　例えばみうらじゅんさんはサブカルの王様と呼ばれますけど、言葉の通りだったらもはや誰もが知っている存在なので「サブ」ではないですよね。ライターの川勝（正幸）さんが亡くなった時、ニュースでサブカルの伝道師と紹介されていて。でもご本人はサブカルっていう言葉を使わず、ポップカルチャーという言い方でいろんな文化を紹介していました。それと同時に、確かにサブカルチャーというものが存在した時代があって、それはメインカルチャーや流行が強大な力を持っていた時代に、「好きなものは好きだ」と堂々と言うために、もっと面白いものもあるんだ、それを好きだと言っていいんだという自信を持つためにサブカルという言葉が必要だったんだと思うんです。だけど、今は好きなものをただ並べただけなのに「サブカル（笑）」と嘲笑される状況にある。逆にサブカルという言葉が「好きなものを好きと言えない」状況を作り出してる、そういう現状がとても悲しいんです。

宇多丸　なるほどね。既にポピュラーなみうらさんをサブカル扱いする状況って80年代からあるっちゃありますよね。ちょうどね、僕は古雑誌買いが好きだからこの間、84年の『宝島』をどさっと買ったんです。すると散開前のYMOとか糸井（重里）さんとか（忌野）清志郎さんなんかが、インタビューで同じようなことを言ってるんですよ。みんな世間にはウケないだろうと思って好きなことをやってきて、いつの間にかウケるようになっちゃったって。メジャーな存在になってしまった戸惑いを語ってるんです。

星野　なるほど。

宇多丸　その時代から続いてる問題なんでしょうけどね。『クイック・ジャパン』がテレビのお笑いを取り上げたりしてるのが今どきのサブカル感って感じがしますけど、80年代から既に『宝島』とかでテレビのお笑い特集はやってるんですよね。『オレたちひょうきん族』（フジテレビ）が始まって1年くらいで、今お笑いが来てるってプロデューサーの横澤（彪）さんのインタビューを載せてたり。超面白いんです。

星野　面白そうですね。

宇多丸　コンビ解散直後の（島田）紳助さんのインタビューとか、未来人の我々としてはたまらんものがあって（笑）。その頃から垣根がどうでもよくなってきてるんですよ。

星野　もっといい呼び方があるんじゃないかと思うんですけどね。

宇多丸　サブカルじゃないとすると、どう呼べばいいんですかね。オタクっていう呼び方もあるけどむしろ今は限定的な言葉になっちゃったし。

星野　サブとかメインっていうこととは別ですもんね。

宇多丸　今メインっていうとＥＸＩＬＥやＡＫＢのこと？　でもＡＫＢ自体はメインだけど、ＡＫＢについてガチにガチャガチャやるシーンはサブカルって呼ばれるし、要はイケてない感じをサブカルと言っちゃってるんじゃないかって（笑）。例えばヒップホップって日本ではマイナー寄りのジャンルだけど、あんまりサブカルって言い方はしないですもんね。

星野 確かにそうですね。

宇多丸 となると80年代的な匂いを引きずった人たちのことなのかな、サブカルって。それじゃあ俺もサブカルと呼ばれたら否定できないな。いまだに80年代の雑誌を買ってキャッキャッ言ってるようじゃね。俺もこの時代なら『宝島』に載ってたのかなと思って。やっぱりイケてる感が失われた人たちのこと……悲しいな、この話（笑）。

星野 ははは！

宇多丸 何がイケてるかって言うのも難しいですけどね。じゃあ当時の『宝島』のロックキッズはイケてたのかって。要するに背伸びの部分がイケてるってことだったわけで、今若い子の中で背伸びがイケてなくなってきてる問題が大きいかもしれないですね。前はわからないもの、難しいものの方がかっこいいという価値観があったわけじゃないですか。それを知らないことは恥ずかしいことだったんだけど、今は「何それ？」で終わっちゃう。

星野 うんうん。この、今自分の中にあるモヤモヤした気持ちって、宇多丸さんが映画

『モテキ』（大根仁監督）の批評で「『今夜はブギー・バック』はもういいんじゃないか」って言ってた、その感じに近い気もするんです。

宇多丸　エンドロールで今さら『ブギー・バック』を持ち出すのはどうかっていうね。なんか世代感＝サブカル感みたいな、安心できちゃう感じが嫌だったのかな。

星野　なんというか、昔の良きものを忘れないようにするのは素晴らしいことだと思うし、自分も昔の良きものは本当に大好きだけど、ものを作る立場としては、未来に向かって発信する方が健康的だと思うんです。

宇多丸　同世代ならおなじみのあれが好きっていう態度は、ただ懐メロを懐かしがってるのと同じで実はすごく狭い価値観なんですよね。今の時代にも新しくて面白いものはちゃんとあるし……過去を掘り下げるにしても、横並びで目配せし合うような感じじゃなければ、星野さんが言ってた未来を向く感じになるんでしょうけど。若者文化全般が、特にこの10年くらい、ドメスティックなシーンが確立しすぎちゃった功罪で、例えば海外の情報なんてもう知らなくていいっていうふうになってますよね。でも自分の世界で充足しちゃってるのは凄くかっこ悪いなって。しかも詳しい人からするとたいしてマニアックでもない。サブカルと言っていいかわからないけど、自分が憧れたあの感じって何だったのか考えると、それは風通しのよさなんです。僕が大好きだった『スターログ』という雑誌は、もちろんSF雑誌だからSF小説や映画の記事が載ってるんだけど、ありとあらゆる先端カルチャーの話題も載ってたんですね。それが超かっこよかったなと。ちょっと背伸びさせる感じって、特に送り手側にはあってもいいんじゃないかなあ。違うかなあ。

星野　そうだと思います。あと、今のは作り手側の話ですけど、受け取る側も、今は背伸びをするとすぐに突っ込まれてバカにされるんじゃないかという恐怖感もあったりしますよね。自分は思春期にサブカルと呼ばれている人たちに興味を持ったけど、結局単に自分にとって面白いものを求めていただけなんですよね。でも今そういった人たちの名前を出した場合、とたんに「サブカルなら何でもいいと思っている人＝恥ずかしい人」として突っ込まれてしまう状況があって、さらにそれを「バカにされないようにその人たちの名前を出さないようにする人」や、「嫌いじゃないんだけど、自分が晒される側にならないように、防衛策としてバカにする人」がいるという悲しい状況があって、それが辛いんです。そういう「何が好きか、何がいいと思ったか」ではなく、「自分がどう思われるか」に重きを置いていて、あまりにも他人の目を気にしすぎてるんじゃないかと思うんですね。たくさん防御線を張っているというか。

宇多丸　それ、まさにこの間アート・ディレクターの高橋ヨシキさんと話していた問題ですね。要は、みんなメタ的な視点に安易に逃げ込むようになっちゃった。俯瞰して防御線を張ることに慣れちゃって、本気で何かやる前に、ちょっと引いてふざけてますって態度に逃げ込む傾向が強すぎるんじゃないかって。一方でその対極にはメタ的視点ゼロの層っていうのもいて、それが非サブカル層ってことなのかもしれないですけど。例えばバラエティ番組を観ていて、あえて不穏な空気を作り出しているような演出をベタに受け取っちゃって怒っちゃうような。「これは、バラエティだからわざとです、っていちいち断らなきゃ駄目なの?」っていうメタ的視点を完全に欠いた人たちと、メタ的視点にがんじがらめになってる人たち、その二極化が進んでるってことかもしれないですね。で、メタ的視点ゼロの人たちから見ると、もう一方は小難しいこと言ってるダサいサブカルだってことになると。非常に不健全な二極化だよなあ。

星野　三木聡さんと演技のお話をした時、三木さんは主観と客観を行き来することが大事だっておっしゃってたんですね。どちらかだけじゃ駄目だって。たぶん演技以外のことでもそれが必要なのかもしれないですね。

宇多丸　さっきの映画評の話もそうじゃないですか。メタ的に言うのは簡単だけど、それだけだとつまらないっていう。80年代のサブカルが一番おいしかった時期は、そのメタ的視点が一つの戦略だったのに、いつの間にかそれが習慣になり、伝統になって、気付いたら腐敗してたっていう流れなのかな。そう考えると、僕が80年代後半にヒップホップへ向かったのも、そういう80年代的がんじがらめ感に嫌気がさし始めていたのも結構大きかったのかも。若いやつはそのゲームに勝てないし、閉塞感も感じていたので、もっと原始的で豪快なところへ行こうって。

星野　そうだったんですね。

宇多丸　やっぱりどっちかだけだとつまらないですよね。斜に構えて見てるだけだとつまらないし、でも周りがまったく見えてない人もバカに見える。熱狂の中心にいながら覚めてるみたいな態度が送り手側には絶対必要だという、まあ当たり前の話ですけどね。

星野　ありがとうございます。なんとなくもやもやしていたものの整理が付いてきました。そろそろお時間みたいなので、最後にカミングアウトしたいことがあるんですけど、実は何度か『タマフル』でメールを読んでもらったことがあるんですよ。

宇多丸　え!?　匿名で？　マジ？

星野　はい匿名で（笑）、メールアドレスもそれのために取得して、本名記載部分も変えたので完全に偽名ですね。

宇多丸　何の時に？

星野　一回目は「KO - KO - U～孤高～」っていう孤独なエピソードを送るコーナーで、二回目は番組で流すジングル曲を募集してた「ラップジングルへの道」で音源送りました。

宇多丸　え、採用されました?

星野　はい（笑）。

宇多丸　どのやつですか!?

星野　優勝したやつです（笑）。

宇多丸　（絶句）えええええええええええ！　ははははは！　いつも流してるあれですか?

星野　あの、メロディがある方です。

宇多丸　えー！

星野　一応理由はあって、まだ1stシングル「くだらないの中に」をリリースしたくらいの頃で、J - WAVEで『タマフル』のディレクターの小荒井さんとすれ違った時に、担当のプロモーターが「機会があったら星野を『タマフル』に」って営業してくれたんです。そしたら、「へー、今ラップジングル募集してるんで応募したらいいんじゃないですか?」ってそっけなく言われたんですよ。

宇多丸　はあっ?　小荒井さんは何でそんなこと言ったんですかね?

星野　ね。そのとき結構失礼な人だなと思ったんですけど（笑）。

宇多丸　小荒井さん、その頃ＡＫＢ、っていうか篠田麻里子のことしか考えてなかったからなあ……大変失礼いたしました！

星野　いえいえ！　自分も一応プロだし、もちろん最初は応募するつもりなんて全然なかったんですけど、音源の制作に行き詰まって、何か気分変えたいなと思って「やってみようかな」と。それで家にある簡単な機材で録音して送ったんです。ラジオ好きとしては不正は絶対に嫌なのでバレないようにしたくて、声もエフェクトかけて潰して、スーパースケベタイムっていうラジオネームで応募して（笑）。

宇多丸　そうしたらあれよあれよと？

星野　そうですね。「あ、流れた。やった！」と思ってたら最優秀賞いただきました。

宇多丸　いやー、衝撃！　でも星野さんが採用されたっていうのは、いかにフラットに選考したかっていう証拠で。

星野　はははは！　はい（笑）。

宇多丸　いつこの事実をバラすかっていう話ですけどね。じゃあ今度ラジオに来てもらって。いやー、本当にびっくりしたなあ。

（その後、すぐに星野は番組出演のオファーをもらうも二度目の入院のために出演できな

くなり、その後手術と休養を経て、14年6月の『タマフル』にゲスト出演した際、この事実を公表した）

（2013年5月9日収録）

星野源

×

ケンドーコバヤシ

けんどーこばやし｜お笑い芸人。1972年大阪府生まれ。NSC（吉本総合芸能学院）大阪校を経てデビュー。「松口vs小林」「モストデンジャラスコンビ」といったコンビで活動し、関西を中心に一部の熱狂的な支持を受ける。2000年からピンに転向。『オールザッツ漫才』（毎日放送）やバッファロー吾郎主催の大喜利イベント「ダイナマイト関西」で優勝を飾り、『アメトーーク!』（テレビ朝日）の「越中詩郎大好き芸人」でブレイクした後、'07年に東京本格進出を果たす。『にけつッ!!』（讀賣テレビ）、『バイキング』（フジテレビ）、『TENGA Presents Midnight World Cafe ～TENGA茶屋～』（FM大阪）といったレギュラー番組のほか、テレビ・ラジオへのゲスト出演も多数。プロレスや『ジョジョの奇妙な冒険』などにまつわるマニアックなトークと下ネタで人気を博している。俳優として映画『パッチギ!』（井筒和幸監督）、『ヤッターマン』（三池崇史監督）、ドラマ『BOSS』（フジテレビ）にも出演。

星野　大好きです。
コバヤシ　マジですか！　俺のどんなとこが好きなんですか？　最近疑り深くなってるんですけど。
星野　何かあったんですか？
コバヤシ　まあ、いろいろ……。
星野　とりあえず（と言ってカバンから何かを取り出す）ＴＥＮＧＡを持って来たんです。
コバヤシ　ははは！　はいはいはいはい。星野さんは使用とかされるんですか、これ。
星野　あまり信用してもらえないんですけど、おそらくこの業界でＴＥＮＧＡを初めて買った人間だと思うんです、発売日に。
コバヤシ　あ、それは俺もそうですね。
星野　マジですか！　同時に。
コバヤシ　僕も発売日に買ったんですよ。
星野　いつも行ってるアダルトショップがあって、ある日行ったら棚にどんと置いてあったんです。なんじゃこれはと思って。新宿だったんですけど。
コバヤシ　同じシチュエーションですね。僕も大阪の難波で行きつけのアダルトショップに見知らぬ棚ができてて、なんじゃこりゃと思ったんです。

星野　店員さんに何ですかって聞いたら今日入荷したんですよって。で、使って衝撃だったんです。

コバヤシ　いやー、衝撃でしたね。

星野　もちろんその時は無名でしたけど、どんどん芸能界のみなさんがＴＥＮＧＡに賛同していかれたじゃないですか。で、もらってるのとか見てうらやましくて。俺はこうして毎日買ってるのになって。毎日じゃないですけど。

コバヤシ　実は僕、ＴＥＮＧＡさんと仕事みたいなのしてるんです。

星野　ラジオですよね。ＦＭ大阪で。

コバヤシ　はい。そっからいただくようになったんですけど、それも善し悪しだと思いますね。自分の中でおざなりになってるとこあるんですよ、やっぱり。

星野　何がですか？

コバヤシ　使い方というか。

星野　使い方がおざなりに？

コバヤシ　はい。前まではなんて言うんですかね、本当にさりげなくブラをはずすかのように、ゆっくりとパッケージを剥がしてたのが、最近は親指の力でバンッて剥がしてますから。

星野　あ、なるほど。いくらでも手に入るんで。
コバヤシ　ちょっと良くないなって思ってるんですよ。
星野　確かに。けっこう高いじゃないですか。
コバヤシ　いうても高いですからね、はい。
星野　当時自分はお金なかったんで、やっぱり工夫するというか、どうやったら長く使えるかって考えるんですよね。その時はまだ洗えるやつが出てなかったんです。
コバヤシ　いや、俺と同じような歴史辿ってるんですね。
星野　それでコンドームを使ってやるっていう。
コバヤシ　使ってましたよ。3回やってました。コンドーム使って、次に外出しして、最後に中出し。
星野　ははははは！　そうそう！
コバヤシ　やってましたね。長い恋愛を経ていく感じというか。できない哀愁ってあるじゃないですか、TENGAって。どこまで行っても子どもできないでしょう？　なんか哀愁あって好きなんですよね。
星野　あとたまにやったのが、給料が入った時とかに種類が違うのを二つくらい買って、途中で換えるっていう。

コバヤシ　3Pですか。
星野　はい。
コバヤシ　ヤらしいことしてますね。
星野　それはお金に余裕のある時だけですけど。
コバヤシ　いや、お金入って変わりましたね。俺なんかもうちょっと純愛ですよ。
星野　純愛ですか。ちゃんと一個を使い続ける？
コバヤシ　もちろん合理的な面もあったんですけどね、一緒に風呂入ったりとか。
星野　ははは！
コバヤシ　あっためながらみたいなね、合理性もあったんですけど、風呂も入ったことあります。
星野　あっためるやつ出ましたよね。棒で。
コバヤシ　棒、中に挿してね。
星野　俺のちんこより先に入れるなって思いますけどね。
コバヤシ　最近、形変わって違うあっため方になってますね。棒を挿さんでよくなったっていう。はい。
星野　とにかく知恵の塊っていうか、工夫があるじゃないですか。

コバヤシ 最初けっこうはまった後、なんか疑ったりしてましたもんね。

星野 疑う？

コバヤシ これ、日本を敵と見てる国が送り込んだんちゃうかみたいな。

星野 少子化に持ち込もうと？

コバヤシ はい。ちょっと後輩みんな集めて「探れ」って言ったんですけど、まったく手掛かりがつかめずに終わって。野には放ったんですけど「そんな手掛かりないです」みたいな（笑）。

星野 今お話しして間違いないと思ったんですけど、男同士の雑談でこういう話をすることはわりとあると思うんです。でもそれをテレビの中でもされるじゃないですか。凄い人だなとずっと思っていて、それでお話ししてみたいなと思ってたんです。

コバヤシ ああ、それをわかってくれます？ 僕、自分で言うのもあれかと思うんですけど、本当に武士道の塊というか。

星野 そうですね、自分で言うのも何だと思いますけど（笑）。

コバヤシ 自分が行っていることは、いや、やってませんとは言えないっていうかね。もし覚せい剤とかに手を染めたら、次の日つかまるんちゃうかなと思って。

星野 言っちゃう？

コバヤシ　言っちゃうと思うんです。俺、覚せい剤やってるって。
星野　ははは！　正直ですね。
コバヤシ　そうですね、俺、正直やなと思いますね。
星野　そういうふうに言われるの嫌かもしれないですけど、ケンコバさんって、見ている
ともう画面から真面目さがあふれ出てるんですよ。
コバヤシ　わかってもらえますか？　俺、そういう面では真面目と言われるのはまったく
抵抗ないんですよ。そこに関しては確かに真面目なんですよね。
星野　誠実な感じがするというか。
コバヤシ　誠実です。「人目ない時ほど正義を貫け」っていう自分の信念があるんですよ。
ええ。バカバカしいことなんですけどね。本当に朝方や真夜中の信号こそ守るんです
よ。誰も見てないから。
星野　もの凄い名言ですね。
コバヤシ　警視庁の人に見られたら痛し痒しなんですけど、昼間で人見てるなと思ったら
ちょっと信号無視したり。『真夜中は別の顔』の逆バージョンっていうかね。
星野　じゃあ本当に車もないし人もいないところでは——。
コバヤシ　じっと正しく待つ。

星野　素晴らしいです。

コバヤシ　ハイド氏とジキル博士みたいな感じですよ、俺は。昼は悪い奴、夜はいい奴。ははは！　誰もいないところでいい奴。

星野　最高ですね。

コバヤシ　そういう多面性というかね。まあ、自分で楽しんでるだけなんですけど。

星野　楽しそうですね。夜、若干の罪悪感を抱えながら信号無視をするより。

コバヤシ　誰も見てない時ほどそれを貫いてたら楽しいですよ。正しく生きてるというかね。

星野　見てる時はやんちゃするというか。

コバヤシ　だから逆に相談乗って欲しいくらいです。そういう悪癖があるというか、哀愁をまといたがるというか（笑）。好きなんですよ、報われないことが。なんのためにこんなことしてんのかなって思うんですよ。これ、本当に報われないぞって。

星野　でもその積み重ねでオーラが出てるんじゃないですかね。

コバヤシ　出てますかね。

星野　それを感じ取れるのは俺とか変態だけかもしれないですけど。

コバヤシ　ああ、確かにね。なんかちょっと粗悪なアンテナ付けてる人しかキャッチできないかもしれないですね。ありがとうございます、キャッチしていただいて。

星野 いえいえ。勝手にキャッチしてるだけなんです。それと、これだ！ と思ったのは、昔、雑誌のコラムで書いたんですよ、AV女優には国からお金を出すべきだと。

コバヤシ それ、星野さんも思いますか？ 無茶苦茶うれしいですね。

星野 その何年か後にケンコバさんが『アメトーーク！』（テレビ朝日）で言っていて。

コバヤシ はい、言いました。

星野 それを見て凄く感動して、その場で立ち上がってしまったんですよ。

コバヤシ はははは！

星野 よくぞ言ってくださいましたって。でもスタジオのみんなは引いてたじゃないですか。凄くかっこいいなと思って。

コバヤシ 僕もほんま昔から思ってたんですよ。

星野 女優さんに限らず風俗の人もそうですけど、大変な職業じゃないですか。

コバヤシ そう、人命救助というか。

星野 そうですよね。

コバヤシ それ系のお仕事の方いなかったら、俺なんかまあ刑務所ですからね。

星野 俺もたぶん刑務所に入ってると思います。

コバヤシ そうですよね。臭い飯食ってるはずなんです、今頃。
星野 獄中出産で生まれたケンコバさんですら。
コバヤシ そう、うちの母親と同じように刑務所だったわけですよ。
星野 同じところに帰るはめになるっていうことですね。
コバヤシ 母親が一番悲しむことはそれでしょうね。もう帰って来るなって。
星野 あ、まだ入ってるんですか？
コバヤシ はい、長いんです。アメリカなんでね。
星野 アメリカなんだ（笑）。
コバヤシ 懲役240年です。死刑がないから。
星野 だからそれを言える場所って、今はラジオとかですよね。テレビの何万人も見てる前ではなかなか。だから凄いと思うんです。演出・プロデューサーの加地（倫三）さんも、またそこをちゃんと残すじゃないですか。最近、『アメトーーク！』で下ネタを推してる気がするんですよ。
コバヤシ 下ネタを推してますか（笑）。
星野 推してるっていうとあれですけど、浸透させようとしてるんじゃないかと思うくらい残してるんですよ、下ネタを。新たな基準を作ろうとしてるんじゃないかと思ってるんですけど。

コバヤシ　『アメトーーク！』の話が出たからなんですけど、ちょうど明日「ＬＯＶＥパイオツ芸人」っていう収録があるんですよ。

星野　はははは！　それ、ケンコバさんの企画ですか。

コバヤシ　はい。

星野　素晴らしいですね。

コバヤシ　いや、これ勝負やなと思って。俺の芸人生命賭けなあかんなって。こんなに好きなんだ、いいもんなんやぞっていうことを、みんなが普通に言えたらいいなと思うんです。おっぱい好きなんですって言ったら笑われてるっていうか、その感覚が小学校の時から理解できなくて。おっぱいで大騒ぎしてたんですよね。気が付けばまわりから距離置かれてるみたいな。女子たちから。

星野　ははは！

コバヤシ　あの時、なんやこのサイコパスな世界はって思ったんですけど、僕がサイコパスやったんですよね。

星野　でもみんなそう思ってるはずじゃないですか。女子でさえＬＯＶＥパイオツじゃないですか。

コバヤシ　そうなんですよ。女の子同士で触り合うなんてことをしたり、語ったりしてるじゃないですか。

星野　男のいない場所で喋ってたりするじゃないですか。なぜこんなに迫害されなきゃいけないのかって。その収録があるんですか。

コバヤシ　明日勝負ですよ。今日は早めに寝ようかと思ってるんです。

星野　ははは！　英気を養って。でも布団に入っても寝付けないですよ。

コバヤシ　戦の前ってそうなんですよね。だからポテンシャルを発揮できなかった武将とかも多いんでしょうね。もっと指揮系統上手く行ったのにって。

星野　ちゃんと寝れてれば。

コバヤシ　歴史の教科書に載ってない凄いやつ、いっぱいおるんやろうな。寝れずにダメだったたって。

星野　うーん、そういうところがかっこいいと思ったんです。それでずっとお話ししたいなって。

コバヤシ　そう言ってもらえてほんまうれしいです。

星野　あの、『アメトーーク！』のＤＶＤにおまけで付く黒ＤＶＤあるじゃないですか。

コバヤシ　はい。明日それなんです。

星野　あ、それでやるんですか。あれはたぶんチュートリアル徳井さんの企画だと思うんですけど、「AVサミット」ってありましたよね。あの時、加地さんに「出してください」ってお願いして。

コバヤシ　そんなことがあったんですか？

星野　加地さんは「面白いね」って言ってくれたんですけど、別のプロデューサーの安孫子さんっていう女性が、俺の曲を凄く聴いてくれてるみたいで、「絶対にダメです」って（笑）。

コバヤシ　ははは！　そうですよね。でもどうなんですか。星野さんの曲を聴いてる方たちを半分以上は裏切ってしまう形になるんですか？　そういうリングに立ってしまうと。そこ、正直どうなんですか？　自分の体感してる感じでは。

星野　自分のラジオでは下ネタばかりなので、そのリスナーはほぼ全員賛同してくれると思うんです。

コバヤシ　そういう人だってことはもちろん理解してくれてるわけですよね。

星野　はい。

コバヤシ　でももちろん曲から好きになる人もいますよね。人より曲からっていう人もいるじゃないですか。そういう層はどうなんですか？

星野　離れる人はいるかも（笑）。

コバヤシ　ははは！　じゃあ、まだ上がるリングではないのかもしれないですね。

星野　いや、正直、それでもいいいと思ってます。

コバヤシ　マジですか！

星野　そこで無理したくないというか、普段通りのエロい自分でいたいんです。

コバヤシ　でも冥利に尽きないですか。俺なんか素っ飛ばして曲気に入ってくれたんやっていう人は、それはそれで凄くうれしいことでしょう？

星野　それはそうです。

コバヤシ　そういう人たちを失うかもしれないんですよ。

星野　でも男たるもの――。

コバヤシ　おお！

星野　そこで離れてしまうのなら止めてはならないと。

コバヤシ　武士道精神ですね。ここにもまた一人武士がいました。

星野　だからそうならないように、ちょっとずつセックス的な歌詞を盛り込んだりはしてます。

コバヤシ　セックス的な歌詞！

星野　あと、いつもアルバムの後ろに解説を入れてるんですけど、これは休みにセックスがしたいっていう歌ですとか、いやこれは本当にそうなんですけど、そうやって出したりとかしてます。

コバヤシ　ほんまに休みの日とかって起きた時にセックスしたいなと思いますもんね。

星野　朝したくなりますよね。

コバヤシ　朝めちゃくちゃしたいんですよ。

星野　わかります。

コバヤシ　でもやっちゃったら一日終わるなっていう気もするんですよね。

星野　ははは！

コバヤシ　不思議なもんで。一日の締めにやるもんだっていう固定観念があるんでしょうね。

星野　そうですね、取っておきたいっていうこともあるでしょうし。でも起き抜けの、目が覚めた瞬間にしたいっていうことがあって。

コバヤシ　わかりますよ。朝起きて、今日俺スケベやなっていう日ありますもんね。

星野　そうですね。モーニングスケベ。

コバヤシ　どんな一日になるんやろうなっていう日。はい。

星野 そういう時はどうしてるんですか？　そこに女の子がいない場合の方がきっと多いじゃないですか。
コバヤシ まあ、そうですね。
星野 どうするんですか？　したいっていう時は。
コバヤシ まあ、でも……あんまり人に話してないことがあるんですけど。
星野 全然載っけなくて大丈夫なんで。
コバヤシ いや、載っけてもらって大丈夫なんですけど、本当にこんな社会の中でそれだけはあかんぞっていうことを昔やってしまったことがあって。
星野 はい。
コバヤシ 実の姉の披露宴、嘘ついて出てないんです。
星野 あ、そうなんですか。なぜ？
コバヤシ 高校生の時やったんですけど、実家暮らしでアダルトビデオを満足に観れたことがなかったんですよ。ちょっとの隙ついて観て、みたいな。で、明日姉ちゃんの結婚式やなみたいなことになって、おやじがちょっと寂しそうな顔してたり、なんかぼーっとしてるんですよ。で、あれ、そうか。明日全員出かけてるんや、帰ってきへんのか。これチャンスやなと思って、その晩に俺素っ裸で屋根の上で寝たんですよ。

星野　ははははは！

コバヤシ　一か八かで。朝になったら本当に40度近い熱出てて（笑）、俺今日行かれへんわって。そりゃ、しゃあないわって。

星野　ちょっと待ってください。明日みんな帰ってこないからってなって、その前の日に。

コバヤシ　はい、絶対俺も行かなあかんやないですか。実の姉の結婚式だから。

星野　はい。

コバヤシ　仮病じゃなくて本当の病気になれば行かんでええと思ったんですよ。

星野　凄い！（笑）。

コバヤシ　で、ぐらぐらになって、ごめん姉ちゃんって。いや、むしろ来られても困るわみたいになって、みんなが出かけて15分くらいじっとしたら、もう大丈夫やって。高校生の時、熱でぐらぐらで、ゲエゲエ言いながら6回オナニーしました。満足いくまでAV観て。

星野　はははははは！（笑い転げる）。

コバヤシ　あの時、俺人間として大丈夫なのかなって。

星野　サイコパスです。

コバヤシ　サイコパスでしょう？　ほんま思い出すだけでゾッとするんですよ。親戚の葬式でお腹痛いって途中で抜けて、トイレでしてしまったこともありますからね。
星野　ははは！　大事な時とか確かにしたくなりますね。
コバヤシ　そんなふうに見たことなかった親戚の姉ちゃんが、髪の毛結んで一生懸命おにぎり運んでるの見たら、なんかムラムラしてきたりして（笑）。
星野　それ、「自分はおかしいんじゃないか？」って不安になりませんでしたか？
コバヤシ　ほんま悩んでましたよ。俺、頭おかしいかもしれないって。
星野　自分もずっと悩んでました。ここでもさすがに言えないこといっぱいあります（笑）。例えば不謹慎な場でムラムラする時ってあるじゃないですか。黒ストッキング見てムラムラするとか。
コバヤシ　葬式関連多いですよね、ムラムラさせるもの。
星野　伊丹十三さんの『お葬式』を観てると、お葬式の最中にセックスするじゃないですか。あ、そうだよねって。
コバヤシ　万人にあるもんなんだってね。
星野　時を経て、だんだんそういうものを発見していって、あまり外には出さないけど、わりとみんな持ってるものだと知るんですよね。
コバヤシ　でも真剣に悩んでる10代とか今でもおるでしょうからね。俺、ちょっと頭おかしいんとちゃうかなみたいな。救ってやりたいですよね、そういうやつらを。

星野　ケンコバさんのテレビを見て救われてる、勇気を貰ってる人はいると思いますよ。

コバヤシ　何人かでもいてくれたらいいんですけどね。あ、俺おかしくないんやと。こんな人おんねんなと。

星野　いや、絶対いっぱいいると思うんですよね。

コバヤシ　そういうメッセージを投げたくてね。

星野　あれ、ちょっと泣きそうになってません？（笑）。

コバヤシ　ははは！

星野　この間の『アメトーーク！』のスペシャルで、初めてこの番組に出た時に「もうどうなってもいいと思ってた」みたいなこと言ってたじゃないですか。

コバヤシ　はい、思ってましたね。

星野　それまではずっと大阪でやってたんですよね。

コバヤシ　はい、ずっと大阪でやってて。

星野　で、東京に出てきたんですか？

コバヤシ　いえ、その時は突然呼ばれたみたいな。

星野　今はこっちですか？

コバヤシ 今はこっちです。

星野 その時はどうして「どうなってもいい」と思ってたんですか?

コバヤシ 何ですかね、お笑いを大阪でやってるやつが共通して思うことって、やっぱり東京で売れるのは凄いことやと。あるんですよ。大阪でどれだけレギュラー番組持とうが、東京行って街歩いても誰も気付かへんねなっていうのは経験することなんで。同じ業界にいる人ですら、知ってくれてないこともけっこう多くて。だから東京って凄いねんな、あんなとこでものになる、知ってもらえる存在になるなんて夢物語やみたいな感覚があるというか。そんな時にポンと呼ばれて、よっしゃこれで俺も一発やったろう、とは思えないくらいの壁があるというか。

星野 ああ、なるほど。

コバヤシ どうせ俺なんか無理やろうな、じゃあ出禁覚悟でやったろうかって。そうくったんが良かったかもしれないですけどね。

星野 あの時、覚えてますもん。凄い人が現れたなって。

コバヤシ ありがとうございます。だから自分の知ってる後輩がそういう立場で来た時、ドキドキするんですよ。でもなかなかそうはいけないねんなって。俺が言うことでもないしなって思うんですけど、こいつはもっと危険な球投げれるやつやのに、そりゃあまあストライク入れに行くよなって。仕方ないですけどね。

星野　自分のストライクではあったんですよね、その時も。まわりに合わせてはないというか。

コバヤシ　合わせてないというか、自分が一番見せたい球投げなってことですよね。

星野　見せたいフォームの見せたい球を。

コバヤシ　はい。非常に難しいとこですけどね。でもそんな生き方が、がっかりされるとあれなんですけど、嫌でね。うん。もっと自衛隊みたいに生きたいというか。

星野　どういうことですか？

コバヤシ　守りながら生きたいんです、本当は。失いたくないもの、かけがえのないものを守る時に、それを守るために立ち上がる時に、俺は一番力を発揮するんじゃないかと自分では思ってるんですけど、そういう状況がなかなか現れなくて。

星野　なるほど。例えばそれってどういう状況ですか？

コバヤシ　例えば家庭ですよ。この妻を、この俺の血を分けた子どもを守るためなら俺は何でもするぞというリングに上がってみたいですけどね。

星野　あの、ご結婚する予定はないんですか？

コバヤシ　近々。

（取材に立ち会っていたコバヤシのマネージャーがざわつく）。

星野　今、失笑的な笑いが漏れてきましたけど（笑）。

コバヤシ　笑っとけって話ですよ。もしかしてこの雑誌が出る頃にはね。

星野　早いですね！

コバヤシ　いや、今日だって出会いがあるかもしれないですからね。明日にでも。そういうことです。

星野　ケンコバさんって絶対にモテるじゃないですか。

コバヤシ　よく言うていただくんですけどね。

星野　前に『11人もいる！』（テレビ朝日）っていうドラマに出させていただいた時、美人のプロデューサーが「明日ケンコバさんと食事なんだ」って言ってましたよ。

コバヤシ　誰やろう？

星野　後で「どうでしたか？」って聞いたら、めちゃくちゃカッコ良かったって。

コバヤシ　そうですね。いけますかね？

星野　いけるって思ったことないんですか？

コバヤシ　あります。これがそうか、予感ってやつかみたいな。勘違いでしたけどね。

星野　自分ではどうして結婚できないと思いますか。できないっていうか、しない理由というか。

コバヤシ　ちょっとこれ、言うていいですか？　これ言うたら人から相手にされなくなるかもしれないですけど。

星野　はい。

コバヤシ　これだけは言うたらアカンって思うんですけど、でももう言いたいです。今から最低なこと言うかもしれないですけど、いいですか？

星野　はい、わかりました。

コバヤシ　俺より財力もない、腕力もない、男気もない、見通しも暗い人たちが今日も何百万人、何千万人、下手すれば億という数結婚していってるのに俺だけできない。ということはですよ、ちゃんと計算立てて考えたら、女に見る目がないとしか思えない！

星野　はははは！

コバヤシ　女性というものはなんてセンスのない生き物なんだと。そう思うんですよ。橋下（徹）さんどころじゃないですよ、俺の発言は（笑）。

星野　そうですね。ちょっと次元が違いますね。

コバヤシ　違いますね。女性全員を蔑視してるわけですから。センスがないと断罪してるんですからね。そんな中でも必ずいるはずやと思って。

星野　必ずいるはずですよ。でも理想が高いんじゃないんですか？

コバヤシ　ああ、でも理想はね、俺は一番簡単なことやと思うんですけど、もしかしたらそれが一番高い理想なのかもしれないですね。

星野　どういうところですか、それは。

コバヤシ　恥ずかしながら、俺のことをずっと好きでいてくれる人。

星野　ぷっ（笑）。

コバヤシ　それが一番難しいんかなと思います。あと、ちょっとええ乳してたらええかなと。

星野　そっちが主じゃなくてですか？

コバヤシ　そっちはたまにおるんですけどね。こんな子が永遠に俺のことを好きでいてくれたらなとは思いますね。ただまあ、永遠に好きでいてもらうにはこっちが変わらんといかんのでしょうけどね。

星野　永遠に好きになってもらえることはないってことですか。

コバヤシ　難しいんじゃないですか、やっぱり。

星野　それもテレビで言われてましたもんね。浮気するって。

コバヤシ　はい。

星野　正直ですよね。

コバヤシ　絶対すると思います、俺は。結婚しても。しかもかっこいい浮気じゃない、かっこ悪い浮気すると思います。コソコソと。昔の東映の俳優さんみたいにね、隠し子おるくらいの、いいよ俺が育てるからみたいな、あんなふうには行きたいけど無理やと。でもそれを絶対しないとは言えないです、やっぱり。

星野　言えないですよ。本当その通りだと思います。

コバヤシ　言えないですよね。

星野　それをテレビで言ってるケンコバさんは真面目ですよ。

コバヤシ　そうなんですよ。やっと俺の理解者が現れました。

星野　ははは！

コバヤシ　いや、俺そこが一番真面目やなと思うとこなんですよね。嘘でも言えないですもんね。俺は絶対浮気せえへんとは。

星野　風俗もまあ行きますよね。

コバヤシ　風俗も行くでしょうね。たぶん死に絶えるまで行くんじゃないですかね。

星野　死に絶えるまで！

コバヤシ　たまに風俗の人と話したら、本当にまったくそういうことをしないおじいちゃんとかも来るって言うんです。お喋りしたくて。なんちゅうええ仕事や思ってね。ほんまにこれ、税金で給料払ってあげるべきじゃないかって。

星野　本当そうだと思いますよね。

コバヤシ　そんなおじいちゃんの話し相手してあげて、そんな素晴らしい仕事あるのかなって。

星野　カウンセラー的側面ってあるじゃないですか？　あと、安易に言うのもあれですけど犯罪防止にもなっているじゃないですか。

コバヤシ　そうでしょうね。

星野　ＡＶの人も、今女優さんの人数が本当に多くて、どんどん給料が下がってるみたいですよね。前はＡＶ出たら金が稼げる的なことがあったけど、今はそうじゃないみたいで、単純に過酷な職業なんです。で、一回出ると世間から差別されたりして、そういう職業の女性を蔑視する一定の層の人たちにクズだっていうことを言われ続けるんですね。本当にリスクのある職業なんだけど、だからこそ国が。

コバヤシ　公的資金注入ね。

星野　そう、すべきじゃないかなって。体も過酷じゃないですか。凄い好きな女優さんがいるんですけど、観ていくとどんどん体にアザが増えていって。

コバヤシ　はいはいはい。星野さん、杉作J太郎さんとお会いしたことあります？

星野　ないんです。

コバヤシ　俺ね、J太郎さんにハッとさせられたことがあったんです。J太郎さん最近AV観るのやめたらしくて、「何でですか？」って聞いたら、J太郎さんも女優さんが好きになってしまうんですって。AV女優の歴史って、最初に軽いソフトなものからだんだんハードになっていって、最後もの凄くなって引退するじゃないですか。

星野　そうですね。

コバヤシ　でも好きな人にはどんどん幸せの坂上っていってほしいから、デビューがスーパーハードで、だんだんゆるなっていって、最後インタビューだけで終わるみたいな人の人生が見たいって言うんですよ。この人、愛にあふれてるなと思ってね。

星野　そうですね。

コバヤシ　自分が恥ずかしくなったことがあって。そうか、俺ちっちゃかったなって。女優さんが手抜いてきたと思ったら不満に感じることがあって、自分はなんてちっちゃい人間なんやと思ったことがあったんですよね。でも確かに引退作はそういうのがあってもいいいと思うんですよ。

星野　楽しんでるさまが見たいですよね。遊園地に行ってるだけとか。

コバヤシ　はい、犬追っかけてるとか。

星野　ははは！　本当そうですね。

コバヤシ　でも共通の思いは幸せになってほしいということだと思いますね。これだけ幸せを分けてもらってるんだから。

星野　AV女優さんと話す機会がたまにあるんですけど、その時に言われるのは、事務所の差とかもあるみたいなんですけど、やっぱり現場の人は一生懸命作ってると。だから自然と頑張ろうと思うんですよって。会社にもよるだろうけど、たぶんいい現場なんですよ。そこにはお金を払いたいですよね。

コバヤシ　だから基金みたいなのを作った方がいいのかなって。でもこっちがお金出しますよっていうのもあっちは嫌なんちゃうかなってね。最終的には俺が選挙出るしかないんかなって。

星野　ははははは！

コバヤシ　もしかしたらそのために生まれてきたのかもしれないですね。人が言えないことを言うために。

星野　それは凄くかっこいいし、テレビの中にそういう人がいると面白いですよね。

コバヤシ　今ハッとなりました。俺、そのために生まれてきたんかと。
星野　明日勝負ですね。
コバヤシ　そうですね。
星野　ちなみにメンバーはどういう感じなんですか？
コバヤシ　僕とバッファロー吾郎Aさん、そしてバナナマン日村さんの3人です。
星野　ははは！
コバヤシ　3人だけです。
星野　かなり前に日村さんとドラマご一緒させていただいて、その時に一つだけ言われたことがあったんです。それは「ソープは高いとこに行け」って。
コバヤシ　凄いいい言葉ですね。プロ野球選手が言いそうな言葉じゃないですか。
星野　確かにそんなところでケチっちゃいけないいなって。7万円以上のところに行けって言われたんで、その通りにしました。
コバヤシ　僕はもちろんその思いもあるんですけど、最近激安風俗みたいなところに行ってて、それもまあさっき言うた真夜中に信号を守るみたいな精神で、正直言ってギャラみたいなことを考えたら高級店にも行けるんです。ただなんかもっと俺、野試合してたいなみたいいな。

星野　はははは！

コバヤシ　今、単なる道場拳法やってるんとちゃうか、リスクの少ない戦場でしかやってないんとちゃうかって。でも激安風俗って3900円の店とかあるんですよ。

星野　安い！　激安ですね。種類は何ですか？

コバヤシ　それがまた最近絶滅しかけてるレンタルルームっていうところでプレイするみたいな（笑）。何を驚かれるかって、レンタルルームの受付の兄ちゃんが「いいんですか？」って言うんですよ。そういう時は帽子もメガネも外して行きますんで。

星野　かっこいいです！

コバヤシ　「ケンコバさん、いいんですかこんなところで？」「ああ、いいからいいから」って。で、ドア開けたらなるほどな、激安店かっていうような娘が来たりするんですよ。それがまたよくてね。

星野　今凄い遠くを見つめてましたけど。

コバヤシ　ははは！

星野　後悔することもありますか？

コバヤシ　もちろんあります。それはやっぱりもちろんありますよね。どうするっていう時もありますよ。でも高級店っていうのはルックスだけの話じゃないですからね。

星野　あ、技術とか。

コバヤシ　技術もあれば、心遣い、気配りみたいなものも高級店やなと思いますし。

星野　ちなみに高級店っていくらから高級店なんですかね？

コバヤシ　正直、やっぱり5越えたらそうじゃないですか。上言うたら際限ないくらいあるんでしょうし。でもその激安店でなるほどそういうことかと思うのは、気配り、心遣いがない娘が来たりした時はそう思うけど、こんなとこでもこんな気配りできる娘がおるんやみたいなこともあるんですよね。逆に高いとこでもなんやねんみたいなこともあるでしょうし。

星野　そうですね。

コバヤシ　だからいろんな戦場に立ちたいというかね。

星野　かっこいいです。

コバヤシ　ありがとうございます。

星野　俺はいまアダルトＤＶＤばっかりなんですけど、買う時はマスクもしないし帽子もしないで買うようにしてます。

コバヤシ　そうですよね。

星野　上に感動ものの映画とか載せないで買いたいです。

コバヤシ　逆に映画のＤＶＤをＡＶで挟むくらいでね。映画見られることが恥ずかしいくらいの感じで。それくらいの出し方したいです、レジにはね。

星野　それ、関根勤さんに教わったんです。関根さんのラジオを中学生の時から聴いていて、それはレンタルの話だったんですけど、女の子がいた時に借りにくくないですかみたいなリスナーのメールに俺はむしろ上に載せていくと。堂々としなきゃいけないんだって言っていて、その時男らしいと思って。そういう人はところどころにいるんですよね。

コバヤシ　僕は男らしいとは別の理由でそうしてましたね。

星野　プレイ的な？

コバヤシ　はい。女の子もマニュアルとかある中で無表情で対応してるので。嫌な顔一つせずに対応してくれるんですよ。それ狙って行ってたな。

星野　いろんな意味でゾクゾクしますよね。あとお笑いの話も聞きたいんですけど、前にどこかの番組でケンコバさんが「言うのもあれなんですけど今手を抜いてるんです」って言っていて。

コバヤシ　言いましたね、覚えてます。

星野　それも凄い真面目な人だなと思ったんですけど、その感覚がなんとなくわかるというか。音楽をずっとやっていて、歌うようになってから今まで変にこだわってやってたのをちょっとずつやめてきてるんですよ。これは自分の感覚では、悪い意味じゃなくて手を抜いてるんです。でもそうすると聴く人が増えたんですね。

コバヤシ まさにその感覚ですね。

星野 やっぱそうですか。

コバヤシ はい、おんなじことやと思います。正直こだわってましたね。自分の中でルールみたいなもんをいっぱい作ってた気がするっていうか。でもそんな20代でよかったなって思いますし。作らんでいい敵、作ってたみたいな気もしますしね。

星野 それが解除されてったのは東京へ出るタイミングですか？

コバヤシ ちょうどそれくらいの時期ですかね。東京だからこうしなければいけないということでもなくて、まあ、いい年取れたのかなっていう気はしますけどね。

星野 自然とっていうことですか。

コバヤシ はい。

星野 その時に悩んだりしましたか？　これでいいのかって。

コバヤシ 単純に、自分でいま見たら鼻で笑ってしまうんじゃないかっていうくらい尖ってたんですよ。そんなに尖らんでええやろっていうくらい。でもあん時はあれでよかったんやと。だからほんとに一番近い言葉が手抜いたってことなんですよね。

星野 それをテレビで言ってるから本当に正直な人なんだなって。「手を抜いている」って本当に正直な言葉だけど、どうしても誤解されるじゃないですか。全然悪い意味で言ってるわけじゃないのに。

コバヤシ 自分の中でも全然悪い言葉じゃないんですけど、手抜いてるってどう考えても悪い言葉ですよね。でも一番適した言葉が手抜いてるで。よくよく冷静に考えたら、尖ってた時の自分って人どころか自分すら幸せにできてないっていうかね。

星野 ああ、そうかもしれないです。

コバヤシ 誰のためにもなってないっていう感じがして。それが楽しかったんですけど、凄く。

星野 俺もずっと、音楽は自分が楽しんじゃいけないんだって思ってました。

コバヤシ そういう感覚ありましたね。

星野 誰の真似もしちゃいけないと思ってたし、オナニーみたいにギターソロばかりやってる人とか嫌だったから俺はやらない！　とか。自分は楽しんじゃいけないと思っていっぱいルール作ってやってたんです。でもその時期があったから今があるんだって本当に思うんですけどね。その頃は見ていてもあんま楽しくなかっただろうなと。

コバヤシ　もちろんそれに引っかかってくれる人はおるんですけどね。

星野　ちょっと力を抜いた方が単純に喜んでもらえるっていうのがあって。そういうことをその言い方で言ってる人を初めて観たんですよ。

コバヤシ　確かにあんまり言わないことですよね。でも言っちゃったんです。

星野　それが素敵だなと思いました。

コバヤシ　いい意味で反面教師にしてほしいなというか、どんどん下から出てくるやつらには触れられへんくらい尖ってほしいなと思うんですけどね。

星野　最初は尖ってたほうがいい？

コバヤシ　尖ってた方がいいですよね、たぶん。ちょっと閉じこもるくらいの方が面白いなと思いますけど。いつまでもそれやったら困るぞっていうのをどっかで自覚さえしてくれたらいいんじゃないですか。

星野　ケンコバさんって後輩の人たちを育てるというか、フックアップされてますよね。

コバヤシ　でも極力気を付けてるんですけどね、そういうことはしないように。なんか嫌な眼で見られるんちゃうかなって、そいつが。他力で上がってきたみたいなことにどうしても見られるんじゃないかなって気は遣ってるんですけどね。でもこいつおもろいなと思うやつはいっぱい振っちゃったりします。

星野　前にRGさんとお話しした時、ケンコバさんにあるあるをずっと振られ続けて、そこで「あるある」を確立したって言ってました。

コバヤシ　あの「あるある」のスタートの日は凄かったですからね。俺ちょっと鬼かなっていうくらい「このあるある言うてみ」って言い続けてましたから。俺もおかしかったですよ、その晩。中目黒の焼鳥屋さんでしたね、朝まで。今思うとようやってくれたなって。単なる俺の暇つぶしですよ。

星野　ははははは！

コバヤシ　単なる暇つぶしですから。明日の仕事夕方からやし、RGは早かったかもしれないけど、そこも確認してないですからね。RGの予定は聞くことなく、もうスパルタでしたね。

星野　でもそのおかげで今、芸が確立されて。

コバヤシ　そうですね。なんか一緒の番組にRGが特別ゲストで登場して、「今日はある披露していいですか？」って言って観覧のお客さんがワーッてなった時、RGが一瞬こっちをちらっと見て泣きそうになりましたからね。

星野　うわあ、素敵です。

コバヤシ　あるんです。だから現場であまりRGに会いたくないんです。ウルッと来ちゃうところあるんで。

星野 鞭で叩いた者としては。

コバヤシ 結果としてはね、おかげみたいにRGも言うてくれるんですけど、思い返せば思い返すほど暇つぶしやったなって（笑）。それ以外の理由なかったです、あの日は。

星野 例えばケンコバさんがそういうことを誰か先輩にされたっていう記憶はあるんですか？　自分の芸を磨いてもらったっていうような。

コバヤシ デビューした時、嫌んなるくらい尖ってて、人と一緒のことは絶対したくないと。で、これやったらウケるってわかってるからそこは外すみたいなことをしてたんですよ、ネタでは。今思えばなんでやねんって思うんですけど。

星野 音楽でも、これいいメロディーだなと思うとやめてました。なんでだろう（笑）。

コバヤシ そんな時にやっぱり、そういう時期を経て結果仕事が付いてきてるような人が、いいと思うよみたいなことをさらっと言ってくれたんですよね。まあ、ええんちゃう、それでみたいな。その一言がきっかけで、ああなるほど、今はこの人もええ車乗ってるし、いいんかなみたいな。そんな感覚だけを頼りにやってきたというか、もちろん誰も答えなんてくれないですから、はい。

星野 それ、わかりますね。感覚だけを頼りにしてって。誰も正解は言わないし、わからないだろうし。

コバヤシ　でも本当に若い頃って単なるアホやったなって思いますね。ウケた方がいいのに。

星野　そのルールなぜ作ってるんだろうっていうのいっぱいありますよね。

コバヤシ　ありましたね。もっと違う笑いの取り方したいっていうか。

星野　例えばその時いたファンの人とかで、今のケンコバさんを丸くなってみたいに言う人っていいるんですか？

コバヤシ　どうなんでしょうね？　どっかでそう思ってる人はもちろんおるでしょうね。クレイジーボーイでしたからね。クレイジーボーイやったなってほんまに思います。劇場で漫才しに出てきて、一列目のお客さんの頭にビニール袋かぶせたりしてましたからね。

星野　ははは！

コバヤシ　クレイジーボーイですよ。

星野　俺もライブで出て行ったのに、スピーカーの陰に隠れて絶対出ないとか。

コバヤシ　ははは！　じゃあなんでライブやんねんっていう話ですよね、出たくないんやったら。

星野　本当にどうでもいいことしてましたね。絶対座ってやる方がパンクだとか。立って弾かないとか。
コバヤシ　意地でね。でも楽しかったですね。確かに楽しかったんはあるんですよ。まあ、また再来年くらいに尖るかもしんないですから。またこんなんにも飽きて、違うことやるかなってなるかもわからないですからね。
星野　まあ、十分尖ってますからね。尖ってないと全然思わないですし。
コバヤシ　あん時の俺とは友だちになりたくないくらいですね。娘もやらないです。いないですけど。
星野　お金も貸さないです。
コバヤシ　お金貸さないです。いや、それにしても今日はいい話できましたね。これはある一部の人にはテキストになるくらいの話をしちゃいましたね。
星野　はい、教科書的な。
コバヤシ　入試問題とかでこれ、全部英文にして出してほしいですね。

（2013年5月22日収録）

あとがき

いかがでしたでしょうか？

この本は、雑誌『ＰＯＰＥＹＥ』に「星野源の12人の恐ろしい日本人」として、対談形式で２０１２年６月から翌年2月まで連載されるも、自分がくも膜下出血で倒れてしまったために一時休載。４か月後に再開し、２０１３年８月まで続いた対談をまとめたものです。

とはいえ、連載時はいわゆる普通の対談でした。録音した会話は編集され、２ページに収まるように綺麗にまとめられていきます。

企画を続けながらも、あのエピソードが入れられなかったとか、あのくだらない瞬間が編集されちゃうとどうも伝わらないなとか、毎回悩んでいました。もちろん、２時間近く話した内容を雑誌2ページ分で表現するなんて元々無理な話なのだから、誰が悪いわけでもないのです。

それなら、書籍化の際にはページ数にとらわれず、【対談】として連載されていたものを、実際行われていた【雑談】レベルに戻していく作業をやろう、そう思って連載を終わらせ、書籍にするための打ち合わせをしようとしたタイミングで病気の再発が判明し、２

度目の手術と休養で8か月ほど休まなくてはいけなくなりました。

長いインターバルを置いて復帰し、この本の最初の打ち合わせが行われたとき、連載も担当していたライターの門間さんが、ケンドーコバヤシさんの回をノーカットで持ってきてくれました。

一目通して叫びました。

「これですよ、これ」

それは非常にくだらない雑談でした。

真面目と不真面目をすごいスピードで行き来し、ムダも多く結論は何もないが、愉快で妙に心に残る言葉たち。

コバヤシ　そうですね。なんか一緒の番組にRGが特別ゲストで登場して、「今日はあるある披露していいですか?」って言って観覧のお客さんがワーってなった時、RGが一瞬こっちをちらっと見て泣きそうになりましたからね。

この部分は連載の時は切られていた部分です。ケンコバさんが自身のキャラクターを一瞬忘れ、「泣きそうになりました」とはにかみながらも嬉しそうだった表情を自分は忘れられず、ずっと掲載したいなと思っていました。

後日、レイザーラモンRGさんにお会いしたときにこのことを伝えると、嬉しそうに「そうですか……そんなこと僕には言ってくれないですよ」と笑いながら涙目で天井を見上げていました。

雑談レベルの会話だからこそ、こんな瞬間もあるのだな、やっぱり雑談って面白いなと改めて思いました。

今回、コンセプト通りに、全員分の録音テープを聞き直し、一からすべて文字起こしをし直してくれた門間雄介さんに最大限の感謝を。

そして10年ほど前、本屋で何気なく手に取り、自分の中の対談というものの捉え方を変え、『雑談集』というタイトルの発想の基にもなった本『ゲームの話をしよう』の著者、永田泰大さんにも深い感謝を。

内容の濃い対談を読みやすくデザインしてくれた、装丁家の水戸部功さんにも心からの感謝を。

病気療養でご迷惑をかけてしまった、POPEYE編集長木下孝浩さん、連載時の担当編集辻村雅史さん、そして今回お世話になった編集の林良二さんにも感謝を。皆さん本当にありがとうございました。

なんとなく、タイトルのお尻に「1」と付けました。次の予定はまったく決まっていませんが、「1」があって「2」がないのは変なので、きっとすぐやるのだと思います。
また今度。『星野源 雑談集2』でお逢いしましょう。

星野 源

星野 源

ほしの・げん｜1981年、埼玉県生まれ。音楽家・俳優・文筆家。学生の頃より音楽活動と演劇活動を行う。10年に1stアルバム『ばかのうた』、11年に2ndアルバム『エピソード』(第4回CDショップ大賞準大賞)を発表。3rdアルバム『Stranger』(13年)はオリコンウィークリーチャート2位を記録した。俳優としての主な出演作に、ドラマ『ゲゲゲの女房』(10年 NHK)、『11人もいる!』(11年 テレビ朝日)、舞台『ラストフラワーズ』(作:松尾スズキ・演出:いのうえひでのり)など。12年に『テキサス -TEXAS-』で舞台初主演。13年は初主演映画『箱入り息子の恋』(市井昌秀監督)、映画『地獄でなぜ悪い』(園子温監督)、アニメ映画『聖☆おにいさん』(声の出演・ブッダ役)に出演し、第5回TAMA映画賞最優秀新進男優賞、第35回ヨコハマ映画祭最優秀新人賞、第37回日本アカデミー賞新人俳優賞、第68回毎日映画コンクール スポニチグランプリ新人賞、第23回日本映画批評家大賞新人男優賞を受賞した。著書に『そして生活はつづく』(文春文庫)、『働く男』、『蘇える変態』(共にマガジンハウス)など。www.hoshinogen.com

写真・磯部昭子

スタイリスト・中兼英朗(S-14)

ヘア&メーク・高村義彦(SOLO.FULLAHEAD.INC)

衣装協力・PARKING

構成・門間雄介＋星野 源

装幀・水戸部 功＋五十嵐 徹

協力・大人計画

〈初出〉
本書は『POPEYE』2012年6月号～2013年2月号、
6月号～8月号に掲載された連載「星野源の12人の恐ろしい日本人」をもとに
大幅に加筆・訂正いたしました。

星野源雑談集1

2014年12月18日　第1刷発行
2017年 1 月31日　第3刷発行

著者　星野 源

発行者　石﨑孟

発行所　株式会社マガジンハウス
〒104-8003
東京都中央区銀座3-13-10
受注センター ☎049-275-1811
書籍編集部 ☎03-3545-7030

印刷・製本所　大日本印刷株式会社

ISBN978-4-8387-2724-7　C0095